龍の眠る石

欧州妖異譚17

篠原美季

white heart

講談社X文庫

目次

ユウリ・フォーダム
イギリス貴族の父、日本人の母の下に生まれる。霊や妖精《ようせい》が見えるなど、不思議な力を持っている。
シモン・ド・ベルジュ
フランス貴族の末裔《まつえい》。実務に優れた美貌《びぼう》の貴公子。ユウリの親友で現在はパリ大学に在学中。

コリン・アシュレイ
豪商アシュレイ商会の秘蔵っ子。傲《ごう》岸《がん》不《ふ》遜《そん》で博《はく》覧《らん》強《きょう》記《き》。特にオカルトには強く興味をひかれている。
アンリ・ド・ベルジュ
シモンの異母弟。ユウリの家に寄宿中の好青年。
アーチボルト・シリトー
セント・ラファエロの現生徒自治会執行部総長。

イラストレーション／かわい千草《ちぐさ》

龍の眠る石

序章

四方を山々に囲まれた中央アジアの山岳地帯。

ネパールとの国境に近い山間《やまあい》にある洞窟《どうくつ》寺院は、ふもとの村の住人が、その存在を語り継いできた以外、ほとんど世に知られることはなかった。

誰が造ったのか。

どんな神を祀《まつ》るものであったのか。

切り立った崖《がけ》の中腹に、岩場に隠れる形で入り口が開いている聖域は、訪れる者もないまま、長い間放っておかれた。

秘境とはいえ、周辺には著名な仏教施設や小さな村落もあり、不便さを厭《いと》わない巡礼者たちの通る道らしき道はいくつか存在する。

黄河《こうが》やインダス川の水源を抱《いだ》くこのあたりは、むしろ水は豊富で、開けた眼下に美しい湖を眺《なが》めることもできたが、同時に、思わぬところで道に激流が押し寄せ、滝となって断《だん》崖絶壁《がいぜっぺき》を流れ落ちていくような危険に出くわすこともあった。

ゆえに、旅人たちは、いたずらに道を逸《そ》れたりすることなく、目的地に向けて一心不乱に進むのだ。

まして、冬ともなれば、雪に閉ざされ、まさに人の通らぬ禁域となる。

だが、そんな秘境の洞窟寺院に、今、一人の男が踏《ふ》み入った。

見るからに「西洋人」という風貌《ふうぼう》をした男だ。

完全装備の身体《からだ》は敏捷《びんしょう》そうで、目つきが鋭く、懐中電灯を手に歩きながら油断のない視線をあたりに巡らせる姿は、まさに古代遺跡の発掘に情熱を注ぐヒーロー型の考古学者を彷彿《ほうふつ》とさせた。

ただ、ここまで来るのに、蛇腹《じゃばら》のような細い洞窟を抜け、さらに溜《た》まった水を潜《くぐ》り抜《ぬ》ける必要があったため、作業服は泥だらけの上に濡《ぬ》れている。

開けたとはいえ、洞窟は狭く、入り口脇《わき》には、サンスクリット語の刻まれた車輪が彫刻されていた。

それに続く壁には、仏教画のような絵が描かれているが、それが仏像なのか、バラモンの神々なのかは、判断に迷うところだ。インド発祥の仏教に、バラモンの神々が多く取り込まれていることを思えば、それもしかたのないことである。

どちらにせよ、壁画の彩色が見事だ。

湿度と室温が文化遺産を守るのに最適であるらしく、内部は、長い年月が経《た》ったことを思わせないほど美しく保たれていた。アジア圏に散らばる多くの遺跡から彩色が失われていることを鑑《かんが》みれば、この場所の壁画の保存状態は完璧《かんぺき》と言えよう。

だが、男は、壁画にはさして興味を示さず、ポケットから取り出した地図と壁面の絵図を見比べ、何ごとか口中でつぶやいた。それから、数を数えながら指で順繰りに壁を指していき、ある箇所まで数えたところでピタッと動きを止めた。

奥まったところに並ぶ壁龕《へきがん》。

その中で、彼の指がさしているのは、三本足の鼈《すっぽん》がいる壁龕だ。その鼈が支える台座には波打つ水紋と虺龍文《きりゅうもん》が描かれた祭器が載っていて、中を覗《のぞ》くと、底のほうに、卵のように白く楕円形《だえんけい》をした石があった。

懐中電灯の明かりを反射した石が、きらりと不思議な色を発する。

石の天頂には、蛇《へび》を表しているような線が二本、十字に交差した記号が彫《ほ》り込まれている。

それを見た瞬間、男の顔に満面の笑みが浮かんだ。

「──見つけた」

呟《つぶや》いた男が、震える声で続ける。

「やったぞ。ついに、見つけたんだ」

白い石を手に取って、あらゆる角度から眺め渡したあと、確信を込めて頷《うなず》いた。

「間違いない。これこそが、幻の宝玉『龍尸《りゅうし》』だ」

あまりの感動に、しばらくは声もなく手にした石を眺めていた男であったが、やがて我に返ると、取り出したスマートフォンで写真を撮ってから、それを柔らかな布に包んで鞄《かばん》にしまい、さらに、ここまで来た記念に洞窟内の写真を何枚か撮る。

最後に、満足げにあたりを見まわした男は、ようやく祭壇に背を向けた。

取る物さえ取ってしまえば、こんなところ、長居は無用だ。

急ぎ足で歩き出した男であったが、数歩も行かないうちに振り返り、怪訝《けげん》そうに首を傾《かし》げる。

おそらく気のせいだろうが、囁《ささや》き声《ごえ》が聞こえたように思えたのだ。

(空耳……?)

だが、歩き出してすぐ、ふたたびその囁き声はした。

たしかに聞こえる。

大勢の人間が耳慣れぬ言葉を囁く声が、狭い洞窟内に木霊《こだま》する。

呪文《じゅもん》のようであるが、よくは聞き取れない。

彼は、満ちていく囁き声に追い立てられるように、洞窟の出口を目指して来た道を戻り始めた。

ただし、行きは高揚した気分で潜り抜けてきた蛇腹の狭い洞窟が、今、彼の生還を阻《はば》む悪魔の罠《わな》のように行く手に待ち構えている。

あの湧《わ》き水《みず》が増水してはいまいか。

どこか、崩落している場所はないか。

焦りながら必死で進み、なんとか光の射《さ》す出口へと戻ってくることができた。

気づけば、いつの間にか、あの追い立てるような囁き声も消えていて、彼は、開かれた世界へと戻ってこられたことに安堵《あんど》する。あとは、断崖絶壁に沿ってわずかに存在する道なき道を登り、なんとか山間の巡礼道まで辿《たど》り着《つ》ければいい。

そこで、ひとまず、先ほど撮った写真を衛星回線で某アドレスに送信した彼が、数センチもないような岸壁の道に踏み出した時だ。

ゴオオオオッと。

凄《すさ》まじい地鳴りが聞こえてきて、足下を揺るがす大地震が山岳地帯全域を襲った。

油断していた男は、最初の数揺れで岸壁から放り出され、「うわあああ」という絶叫とともに急な斜面を滑落していった。

反動で投げ出された白い石も、急な斜面をコロコロと転がっていく。

立ち上る砂煙《すなけむり》。

崩れ落ちる岩。

しばらくして揺れが収まり、あたりに静けさが戻っても、谷底に横たわる男が起きあがることはなかった。

一週間後。

巡礼者によって発見された男――サム・ミッチェルの遺体は、所持していたパスポートから判明した本籍地イギリスへ、遺品とともに送還された。ただし、彼が洞窟寺院から持ち出した白い石は、人々の目に留まることなく、その場に取り残される。

そのまま夏が過ぎ、秋が来て、巡礼者の姿もまばらになった頃、冬を迎えた山に雪が降り積もり、そのあたりは外界からいっさい遮断《しゃだん》された。

白い石の上にも大量の雪が積もって、その姿を隠す。

そうして一冬を過ごした山間の大地に春が来て、雪解け水とともに、あらゆるものがふもとの川へと流れ出す。

そんなある日。

川の支流で洗濯をしていた女は、水溜まりの中に見慣れない白い石が落ちているのを目にして手を伸ばした。

と――。

シュルシュルッと。

石のまわりで、何かが動く。

(――蛇?)

とっさに触るのを躊躇《ちゅうちょ》して石から手を引いた女は、じっとその動きを見守る。

くねりながら水面を乱した細長いものは、そのまま、彼女の足下のほうに泳いできたかと思うと、ふいっと掻《か》き消えるように見えなくなった。

（え、消えた——？）

足をどかし、キョロキョロとあたりを見まわすが、見つからない。何かが動いたのはたしかなはずだが、しばらく待ってもふたたび現れることはなく、結局、それがなんであったかはわからずじまいだった。

（見間違いかも……）

そう考えた女が気を取り直し、改めて拾いあげた石は、羊脂《ようし》を思わせるほど柔らかな光沢《こうたく》を帯びた白く美しいものだった。天頂付近にわずかに疵《きず》が入っているが、それも天然らしい味わいがあって、悪くない。

「なんて、きれい……」

石を手にした女は、嬉《うれ》しくなった。

こんなに美しくて神秘的な石は、村に来る行商人に売れば、それなりに高い値がつくと知っているからだ。

白い石を懐に入れた女は、思わぬ恵みを与えてくれた神に感謝し、急ぎ家路についた。

第一章　飛び交う珍情報

1

中国四川《しせん》省。

食料品から茶葉、美術品、絵葉書など、雑多なものが並ぶ露店市をそぞろ歩いていた男は、ある店の商品に目が吸い寄せられた。

鉱石を彫《ほ》ってできた仏像や動物などを売っているその店には、未加工の原石も売られていて、その中に、異彩を放つ白い石があったのだ。

卵のように白く、楕円形《だえんけい》をした美しい石だ。

手に取ってよく見ると、天頂付近に縦に長くキズが入っていたが、まるで漢字を崩したような形が西洋人の男からすると神秘的で、むしろ味わい深く感じられた。その辺に売られている土産物《みやげもの》に描かれた漢字一つとっても、それがどんな意味を持つかわからないのに、なんとなく呪符《じゅふ》のように思えてしまうのだから、東洋は、いまだ彼にとって神秘のベールの向こうにあるのだろう。

問題は、石が載っている台座だ。

とぐろを巻いた蛇《へび》がやけにリアルで、卵形の白い石が載った状態は、まさに卵を抱えてこちらを威嚇《いかく》している蛇そのものである。

(……悪趣味だな)

石を手にする彼に向かい、行商人の男が片言の英語で話しかけてくる。

「それ、とってもメズラシイ石よ」

「そうなのかい。——実は、息子が大の鉱石好きでね。中国に出張だと言ったら、珍しい石があったら、お土産に買ってきてほしいと頼まれたんだよ」

長い英語での会話が通じるとは思っていなかったが、行商人の男は、人のよさそうな笑顔を浮かべてうんうんと頷《うなず》いて言う。

「メズラシイ石。むかし、ヒスイより高価だったよ」

単語の一つに引っかかって、男が訊《き》き返《かえ》す。

「え、これ、翡翠《ジェード》の仲間?」

「だいたいそうね」

なんとも怪しい返答であるが、店頭にただゴロンと置いてあるのだから、いくら翡翠の仲間でも、そんな高い値はつかないだろう。

そう考えた男が、値段交渉に入ろうとしていると、行商人の男が「それに」と続けた。

「ヘビが守っているね。ヘビは金を生むから、これは金の卵、宝玉だよ」

「う～ん。でも、この台座はいらないんだけど、その分安くならないかい？」

「ダメダメ。ヘビから卵を取り上げると、祟《たた》りあるよ」

「……祟り？」

なんだか、どんどん説明が怪しくなっていくが、もしかしたら、伝えたいことがうまく伝えられず、簡単な言い回しにした結果、とてもいかがわしい感じになってしまっただけかもしれない。

だとしたら、本来は、どういう由来《ゆらい》の石なのか。

なんとなく興味を惹《ひ》かれたが、それからしばらくやり取りしても、なんらきちんとした説明は得られず、帰りのフライトの時間もあることから、結局、慌《あわ》ただしく値段交渉をした結果、自分でも、得したのか損したのかわからないくらいの値段で、その白い石を購入することができた。

もちろん、蛇の台座も一緒だ。

正直、税関を通るのか心配なくらいのリアルさであったが、杞憂《きゆう》に過ぎず、無事税関を通って英国航空《ブリティッシュ・エアウェイズ》のビジネスクラスの座席に収まった男は、イギリス西南部にある全寮制パブリックスクールにいる息子宛《あ》てに、頼まれていたとおり、お土産に変わった鉱石を買ったので楽しみにしておけとメールする。

　同じ頃、エコノミークラスに乗っていた男の子が、外を見ていた小さい窓から顔を離し、隣に座る母親の袖《そで》を興奮した様子で引いた。

「ねえねえ、お母さん、龍が飛んでいるよ」

「龍？」

「うん、そう。白い龍が、この飛行機の下を飛んでいるんだ」

　なんとも子供らしい、発想だ。

　おそらく飛行機の影が雲に映って、そんなふうに見えているのだろうが、まだ幼い息子には、そこまで現実的であってほしくない。

　そこで、機内誌に目を通しながら聞いていた母親は、小さく笑って応じる。

「よかったわね。きっと、この飛行機が、無事にパパが待つロンドンまで貴方《あなた》を運べるように、守ってくれているんだわ」

　子供が、目を輝かせて母親を見あげる。

「そうなの？」

「そうよ」

「すごいね」

「すごいわね」

「それなら、いっそのこと、アレに乗れたら、どんなにかよかったのに」

そう言った男の子は、ふたたび窓に張りつくと、大空をうねるように飛んでいる巨大な生物を、その姿が見えなくなるまでじっと眺め続けていた。

2

「……雨？」

バルコニーに面した窓を閉めようとした手を止め、ユウリ・フォーダムは暗い夜空を見あげて呟《つぶや》く。雨の匂《にお》いがしたわけでもないのに、急にポツポツと雨粒が落ちてきたことに、少し驚いている。

敷地《しきち》内を照らす照明に目をやれば、オレンジ色に照らし出された空間に、雨が白い糸となって過《よぎ》るのが見えた。

ロンドン北部に位置するハムステッド・ヒース。

丘陵地の高級住宅街として知られるこのエリアの一角に、彼の暮らす家はある。

大きな鉄の門扉の向こうに噴水のある前庭が広がり、バランスよく生い茂る樹木に半ば隠れるようにパラディオ様式の建物が見えている。

決して豪壮ではないが、質素ともいえない上品な佇《たたず》まいのフォーダム邸。

それは、伝統ある英国子爵の住居らしい——、あるいは、多くの学者を輩出してきたフォーダム家らしい静謐《せいひつ》さと知性に溢《あふ》れた場所であった。

空を見あげるユウリの背後で、ソファーに座ってテレビを見ていた青年が言う。

「どうかした、ユウリ？」

「あ、うん。雨がね」

　振り返ったユウリの目に映ったのは、この九月からフォーダム邸に居《い》候《そうろう》をしているアンリ・ド・ベルジュだ。

　ユウリより一つ年下であるにもかかわらず、背がすらりと高く骨格もいいため、パッと見には、どちらが年上であるかわからない。――いや、紹介がなければ、ユウリのほうが年下に見えるはずだ。

　アンリは、ヨーロッパにその名を轟《とどろ》かせるフランス貴族の末裔《まつえい》であるベルジュ家の次男で、長男のシモンがユウリのパブリックスクール時代からの親友であるため、今では実の兄弟のように親しくしている。

　金髪碧眼《へきがん》が多いベルジュ家の中にあって、一人、黒褐色の髪と瞳《ひとみ》を持つ彼は、とある事情で、幼い時期をロマの間で過ごしたという異色の経歴の持ち主であるため、上流階級の子息とは思えないほど世事《なじ》に長《た》け、また、人との距離の取り方が実にうまく、フォーダム邸にもあっという間に馴染んだ。

　顔立ちも、絶世の美青年として名高い長兄にはとうてい及ばないものの、それなりに美しく整い、むしろ、高貴な印象の強いシモンにはない、どこかくだけた、野性味のある魅力の持ち主だった。

対するユウリは、煙《けぶ》るような漆黒《しっこく》の瞳に黒絹のような髪を持つ涼やかな青年だ。

東洋的な風貌《ふうぼう》は、決して人目を引くほど整っているわけではないのだが、奥ゆかしさのにじみ出る上品な姿形や立ち居振る舞いは、誰からも好印象を持たれ、さらに、ほっそりした首筋などから匂い立つ清潔感が、彼を、この世のものならぬ美しい存在に仕立てあげていた。

ユウリの言葉に、アンリが意外そうに首を傾《かし》げる。

「雨?」

「うん。急に降りだしたみたいで」

言いながら窓を閉めたユウリが、ソファーの前へと戻っていく。

現在、この家で暮らしているのは、こうして応接間で食後のコーヒーを飲んでいる二人と、長年、この家の管理を任されている執事のエヴァンズ夫妻だけだ。

ユウリの父親であるレイモンド・フォーダムは、現代のオピニオン・リーダーとして世界中から発言が注目されている著名な科学者で、ケンブリッジ大学に教職を得ていることから、かの地に別宅を構え、ほとんどの時間をそこで過ごしているし、日本人の母親と、三つ年上の姉で日本の大学に留学中のセイラは、まだ生まれて一年半くらいしか経《た》っていない次男クリスとともに、母親の実家がある古都京都で暮らしていた。

だからと言って、夫婦仲が悪いわけではなく、たんに、日本文化をこよなく愛する両親の方針で、言語脳が発達するまでの数年間は母音言語を使う日本で子育てしようと決めているだけである。

　それゆえ、レイモンドは多忙な身でありながら、せっせと英国と日本を往復し、その途中に、時間が許せばハムステッドに顔を出すことがあった。なかなか時間が取れないとはいえ、愛する息子に会うためであれば、多少の無理も厭《いと》わない。

　ソファーに座ったユウリが、アンリに向かい「そういえば」と訊く。

「アンリは、復活祭の休日《イースター・ホリディ》をどうするか、もう決めた？」

「そうだね」

　手元の画面をスライドさせながら、アンリが答える。彼は、先ほどから、テレビを見ながらタブレット型パソコンで新聞にも目を通すという器用なことをしている。

「もちろん、ロワールに戻るつもりではあるけど、タイミングをいつにするかは、まだ考え中なんだ。父や兄の予定も、はっきりしていないようだし」

「ロワール」というのは、フランス中部を流れるロワール河流域に建つベルジュ家の本宅のことで、青いとんがり屋根を持つ広大な城は、フランスのガイドブックにも載るほど歴史的に有名なものである。

　しかも、上に「超」がつくほどのお金持ちであるベルジュ家は、本宅以外に、国内外に多くの別邸を持っていて、パリ大学の学生であるシモンは、パッシー地区にある屋敷《やしき》で多くの時間を過ごしていた。

アンリが、「そういうユウリこそ」と訊き返す。

「休み中は、お父さんと一緒に日本に行くんだよね？」

「そのつもりだよ。——今回は、日本の春休みとこっちの復活祭の休日《イースター・ホリデイ》がうまい具合に重なっているから、一週間か、十日間ほど日本で過ごすことになると思う。向こうは、桜の時季でもあるし」

「桜か。——いいな」

羨《うらや》ましそうに応じたアンリが、即座に突っ込む。

「ということは、兄も？」

「……ああ、うん」

ユウリが、若干《じゃっかん》申し訳なさそうに答える。

「この前、電話でその話をしたら、シモン、桜に反応していたから、もしかしたら、どこかで合流する気かもしれない」

もちろん、ユウリが家族水入らずに過ごす時間を邪魔するつもりはさらさらないだろうが、独立心旺盛《おうせい》なシモンが、この年代の青年らしく、自分の家族と過ごす時間を少々蔑《ないがし》ろにしがちなことは、ユウリもよくわかっていて、むしろ、そのことをベルジュ家の人たちに申し訳なく思うことが多々あった。

だが、長兄《ちょうけい》の性格を十分知り尽くしているアンリは、軽やかに笑って言い返す。

「そんな申し訳なさそうな顔をしなくても、別に、ユウリが兄を無理に誘っているわけではないのは、うちの人間ならみんなわかっているから、気にしなくていいよ。それに、母なんかは、むしろ、男子たるもの、それくらいの独立心がなければ——と思っているみたいだし」

「よかった」

ホッとしたユウリが、「まあ」と続ける。

「僕としては、シモンが日本に来てくれるのはとても嬉《うれ》しいし、家族もみんな大歓迎だから、いっそのこと、シモンだけでなく、ベルジュ家総出で日本に来たらいいのにとも思うんだけど」

ユウリの提案に対し、微妙な表情をしたアンリが「う〜ん、それは」と長兄の気持ちを代弁する。

「双子は狂喜乱舞するけど、兄が嫌がりそうなので、言わないほうがいいかも」

「……そうなんだ」

たしかに、ユウリは、日頃家族と離れて暮らしているので、たまに会えるのを楽しみにしているが、フランスに戻ったシモンは、なんだかんだ家族と過ごす時間が増えているので、長い休みに、あえて一緒にいたいとは思わないのかもしれない。特に、天使のように愛くるしいベルジュ家の双子の姉妹、マリエンヌとシャルロットは、天真爛漫《てんしんらんまん》な性格が高じて、最近では、シモンやアンリの悩みの種となりつつある。

そのことを肯定するように、アンリが言う。

「まあ、僕も、この夏あたりは、少し一人旅でもしてこようかと思っているし」

「一人旅ね」

それはそれでアンリらしい。

ユウリが納得していると、画面をスライドしていたアンリが、「うっそ」と驚いた声をあげ、異なことを口にした。

「……龍?」

「なに?」

「いや、龍だって」

「龍?」

てっきり聞き違いかと思ったが、興味深そうに画面を見おろしていたアンリが、顔をあげて認めた。

「そう、龍だよ」

「うん、だからさ、アンリ」

困ったように応じたユウリが、続ける。

「当たり前のように『龍』と言われてもわからないって。——龍がどうしたの?」

「見ればわかるよ。ほら、これ。昨日の夕方、ヒースロー空港の上空で龍が目撃されたらしい」

「龍が目撃された?」

「映像もあるみたいだ」

そこで、首を傾げつつ近づいていって一緒に画面を覗《のぞ》き込《こ》んだユウリの目に、その不可思議な映像が飛び込んでくる。

飛行機が離発着する夕暮れ時の滑走路。

それを遠方から撮影している手振れする画面に、上空を過る細長い白いものが映り込んでいるのだ。

一緒に録音されたらしい音声では、数人が「なんだ、あれ?」とか、「UFO?」などと言い合っていて、かなり興奮した様子が伝わってくる。

映像は短く、ものの二十秒ほどで切れてしまうが、たしかに、何かが飛んでいた。

再生しながら、アンリが言う。

「本当に映っているね。合成という感じでもない」

「そうだね」

「ただ、龍というより、蛇に近いのかな。——ほら、龍って、もっと恐竜に近くて、トカゲに羽が生えたみたいな姿だから」

　だが、煙るような漆黒の瞳で再生された画面を見つめていたユウリは、気もそぞろな声で言い返した。

「……ああ、うん。たしかに、西洋の龍はそういうふうに描写されるけど、実は、東洋の龍に羽はないいんだ」

「へえ」

　不思議そうに間近でユウリを見あげたアンリが、疑問をぶつける。

「でも、それで、どうやって空を飛ぶわけ?」

「それは、こうクネクネと身体《からだ》をくねらせて」

　言葉どおりに片手を動かしながら説明したユウリが、「そういう意味では」と続ける。

「この龍は、中国あたりから飛んできたものかもしれない……」

　どこから飛んできたのかを云々《うんぬん》するあたり、前提として、龍の存在をまったく疑っていないユウリの言葉に、苦笑したアンリが確認する。

「ということは、ユウリ。これが、本物の龍であることに間違いはない?」

　相手が違えば、こんな確認はまずしないだろうが、ユウリという人間は、人々の想像を絶するほどの霊能力の持ち主で、そのレベルは、おとぎ話に出てくる魔法使いに匹敵する。

言ってみれば、神々や妖精《ようせい》の世界に片足を突っ込んでいるような存在なのだが、それゆえ、不可解な危険と常に隣り合わせで、そのことが、ユウリの身を誰よりも案じている兄シモンの悩みの種となっていた。

「うん、間違いないよ」

あっさり肯定したユウリは、三度目になる再生画面を見つめながら、「問題は」と心の中で呟く。

(この龍が、このあと、どこに行ったかだけど――)

すると、ユウリの中で膨らんだ予感を表すかのように、窓の外で、本降りとなった雨が轟々《ごうごう》と音をたててロンドンの夜を塗りつぶしていった。

3

火曜日。

イギリス西南部にある全寮制パブリックスクール、セント・ラファエロでは、各寮《ハウス》の寮生たちが、夕食時の食堂に集まり、一日のうちで最も楽しみな時間を享受していた。

育ち盛りは、食べ盛り。

食べても、食べても、まだ食べられるのが、この年代の男の子の胃袋だ。

湖を内包する広大な敷地に建物が点在する学校には、全部で五つの寮があり、その中でも最西に位置するのが、かつて、ユウリとシモンも在籍したことのあるヴィクトリア寮である。

そのヴィクトリア寮の寮生たちも、飽くなき食欲を満足させながら、さまざまな会話を楽しむ。

「なあなあ、これ見た？」

第三学年《フィフスフォーム》が座るテーブルで、今年度から、食堂への持ち込みが禁止となったスマートフォンを見せながら、一人の生徒が別の生徒に話しかける。以前は、そこまで厳しくなかったのだが、食事中、あまりにゲームに熱中する生徒が多いことが問題となり、そうした制限を余儀なくされている。

「なに?」

興味を示した生徒の前で、真面目《まじめ》そうな顔つきの生徒が注意する。

「おい。スマホの持ち込みは、禁止だぞ」

「うっせえな。堅いこと言うなよ」

「やめろって。監督生に見つかったら、全員、しばらく没収になるぞ」

「だから、見つからなければいいんだろう」

聞く耳を持たない生徒が、「それより」と続ける。

「ほら、これ」

十三歳入学を取るこの学校では、一般に十一歳を一年生《ファーストフォーム》とする義務教育課程の三年生《サードフォーム》に相当する第一学年から義務教育が終了する五年生《フィフスフォーム》＝第三学年までの生徒と、大学受験のための二年間の準備期間である第四学年《シックスフォーム》——便宜《べんぎ》上、下級《ロウアー》第四学年と上級《アッパー》第四学年とに呼び分けている——の生徒がいっしょくたになって暮らしている。

その中でも、第三学年は、寮生活にもすっかり慣《な》れ、かといって、諸々《もろもろ》の責任が伴うようになる第四学年の生徒ほど重圧を感じないことから、いちばん、羽目《はめ》を外しやすい年齢といえた。

言い方を変えると、悪戯《いたずら》がしたくてしかたない全盛期で、それは、世にいう「反抗期」

の時期とも重なるため、毎年、いちばん手を焼く学年であった。

見せられた画面を覗き込みながら、隣の生徒が訊き返す。

「これが、なに？」

「だから、龍の目撃情報だけど、すごくないか？」

「いつの話だよ」

「ロンドンで龍が目撃されたのって、土曜日だろう」

「そうなんだ」

肩をすくめて応じた生徒が、「けど、やっぱり」と続ける。

「これを見る限り、僕が見たのも龍で間違いなかったんだ」

それに対し、斜め向かいにいた生徒が、「え、なにそれ？」と尋ねた。

「君、龍を見たの？」

「なんだ、お前、知らないの？」

「知らない」

「こいつ、昨日の夕方、龍を見たって、騒いだんだよ」

「うそ？」

「ホント。――ちなみに、俺は、今日、カメを見た」

「カメ？」

いていく。

「しかも、けっこうでかいやつ」

話が逸《そ》れてしまうが、寮生同士の他愛のない日常会話は、そうして途切れることなく続いていく。

「マジ?」

「マジ。俺がイースター・エッグを飾っていたら、横からそれを引っぱって持っていこうとしたんで、驚いたのなんのって」

「それで、どうしたんだよ」

「もちろん、逃がしたさ」

「でも、カメなんて、どっから来たんだろう?」

「湖じゃないか?」

口をもぐもぐさせながら答えた仲間に対し、別の生徒が疑問を呈する。

「あの湖に、カメなんていたっけ?」

「知らないけど、龍がいるなら、カメくらい、いてもいいだろう」

「まあね」

話題が龍に戻ったところで、スマートフォンを持ち込んだ生徒が、「もっとも、龍といっても」と説明を再開した。

「おとぎ話とかに出てくる龍とは違って、蛇みたいなやつだったんだ。――まさに、こんな感じの」

　スマートフォンの画面で再生されている映像には、ユウリやアンリが見たのと同じ、夕暮れ時の滑走路の上を白く細長いものが過る姿が映っていた。

「え、じゃあ、本当に龍がいたんだ」

「そうだよ」

「この学校の上空に？」

「そう、まさにこの学校の上に」

「それで――」

　すっかり話に引き込まれた生徒が続きを聞こうとしていると、あとからやってきた別の生徒が、「ねえねえ」と会話に割って入った。

「誰か、僕の『羊脂玉《ようしぎょく》』を見なかった？」

「あ、オースチン」

「お前、どこに行ってたんだよ」

「だから、『羊脂玉』を捜して――」

　仲間たちがオースチンに答えるうちにも、話の腰を折られた生徒が不機嫌《ふきげん》そうに言い返す。

「そんなもん、見てないよ。――ていうか、なに、その、なんとか玉って」

「だから、『羊脂玉』だよ。——こう、白くて楕円形で、パッと見に卵にも見えるんだけど」

とたん、テーブルにいた数人の生徒が、それぞれ違う方向を指さして同じことを言う。

「卵なら、そこらじゅうに転がっているけど？」

彼らの言葉どおり、食堂の至るところに色とりどりのイースター・エッグが飾られていた。

復活祭の休日《イースター・ホリデイ》に入る前の某日、セント・ラファエロでは、恒例行事となっている「エッグハント」が行われる。

ただし、基本、宗教色を排除しているこの学校では、キリスト教最大の宗教行事としてではなく、あくまでも、寮ごとに行われる余興という扱いだ。

そのため、礼拝堂で特別なミサは行われても参加は自由で、「エッグハント」自体は、基本方針さえ守っていれば、各寮で自由にアレンジしてよく、企画から運営までを、寮長を中心とする下級第四学年の監督生たちが取り仕切ることになっていた。

生徒の自主性を重んじるセント・ラファエロでは、学校運営も、大部分を生徒の手に委ねていて、中心となるのが、各寮の「代表」によって構成される「生徒自治会執行部《スチューデントソサエティ》」と呼ばれる執務機関だ。

そして、その「生徒自治会執行部」を統括するのが、選挙で選ばれる「総長」である。

パブリックスクールにおける「総長」――あるいは、それに類する学生のトップの座というのは、英国社会において、のちのちかなり大きな意味を持ってくる。中でも、伝統校の「総長」ともなれば、どこに行っても一目置かれ、他校にもその名が知れわたるくらい名誉あることとなのだ。

そんな「代表」や「総長」が、最上級生である上級第四学年の生徒であるのに対し、彼らの指導の下、各寮を運営するのが下級第四学年から選ばれる寮長と数名の監督生たちだった。

当然、寮長は、その学年で最も優秀な生徒が指名され、ほとんどの場合、次の年の「筆頭代表」として、「総長」を決める総長選に出馬することになる。

そんな彼らは、いわば「エリート中のエリート」で、その道のりは、第三学年になった時に、上級生と下級生の橋渡しをする役目を担う「階代表《ステアマスター》」という役職からスタートすると考えていい。

装飾用のイースター・エッグを指さした生徒の一人が、「そうそう」と頷いて続けた。

「そもそものこととして、オースチン、明日の『エッグハント』の準備でバタバタしている時に、あんなものを持って歩きまわるからいけないいんだよ」

「言えている」

「俺も、昼間に見た時、絶対に失《な》くすと思った」

「うん。きっと、誰かが、装飾用のイースター・エッグと間違えて、色づけしてどこかに飾ったんじゃないか?」

とたん、慌てたオースチンが眼鏡《めがね》を押し上げて嘆《なげ》いた。

「冗談じゃない。『羊脂玉』はとても珍しい石で、けっこう高価なんだぞ。お父さんが、わざわざ中国で手に入れて送ってきてくれたのに」

「それなら、手遅れになる前に、とっとと一個一個調べてまわったほうがいいよ。――でないと、装飾用のイースター・エッグは、明日の『エッグハント』終了と同時に、全部捨てられちまうから」

「やめてくれ」

頭に手を当てて嘆いたオースチンが、慌てて飾られているイースター・エッグを調べてまわる。

それを手伝うでもなく、彼らは会話の続きに戻った。

「――で、なんだっけ?」

「龍だよ。この学校の上空に龍がいたって」

「そうだった」

思い出した生徒が、ふたたび興味を惹かれて訊き返す。

「それで、その龍は、どうなったの?」

「知らない」

あっさりと返した相手に、拍子抜けしたようにもう一人の生徒が問《と》い質《ただ》す。

「知らないって、なんで？」

「消えちゃったから」

「消えた？」

「そう。空中でとぐろを巻くようにクルンとして、消えた」

「へえ」

「でも、別の寮の生徒も見たみたいだし、ネットにも、この近辺で龍を見たって投稿があるようだから、現実にいたのは、間違いないよ」

スマートフォンを持ち込んだ生徒が勢い込んで言うが、他《ほか》の生徒は、あくまでも懐疑的だ。

「そうは言っても、この映像だって、見ようによっては夕日に照らされた飛行機雲に見えなくもない。やっぱ、現実に龍がいるわけがないことを思えば、別の何かが龍のように見えているだけだと思うよ」

「まあなあ」

「だいたい、もし少しでも現実味のある話なら、きっと、今頃は、英国空軍とか、どこかの偉い科学者たちが、この映像を必死で解析しているんじゃないか」

そうして、龍の存在が否定され、話は理論的な結論へと導かれかけたが、そこで、新たに加わった生徒が、「だけどさあ」と別の観点から切り込んだ。

「龍の目撃と、昨日の夜の騒ぎって、まったく無関係なのかなあ」

「騒ぎ?」

「湖のほうで不思議な放電現象があっただろう?」

「ああ」

思い出した数人の生徒が、口々に「そうそう」と同調する。

「そうだよ。あれは、びっくりした」

「急に、ピカッて光ったんだよな」

「ドンッて、大きな音もした」

「ちょっとした騒ぎになって」

「でも、シリトーは」

現総長の名前をあげた生徒が、両手を開いて応じる。

「『落雷』で片づけたんだよな」

「そう。天気予報では、そんなこと一言も言っていなかったのに」

「あの人、いつも適当だから」

「たしかに」

そこで話題は、超常現象から身近なものへと変わっていく。

「ヴィクトリア寮から連続で『総長』が出ているのは誉《ほま》れ高いことだけど、そうだとしても、なんで、今期、あんないい加減な人が選ばれたのか、いまだにわからない」

「言えてる」

寮の顔ともいうべき筆頭代表のことを批判する言葉に対し、別の生徒が「し」と唇《くちびる》に人差し指を当ててたしなめる。

「めったなことを言うなよ。シリトーは、ああ見えて、相当なやり手だし、何より地獄耳だって噂《うわさ》だぞ」

「そうそう。それに、この学校では唯一、いまだにベルジュと親交があるっていうし」

今では伝説になっている、かつての筆頭代表の名前があがったとたん、みんながそわそわし始めた。

「それ、本当?」

「ああ」

「マジで、ベルジュと連絡を取り合っているんだ」

「そうみたいだよ」

「いいなあ」

「ベルジュって、元気なのかな」

「きっと、相変わらず光り輝いているんだろうなあ」

うっとりと遠くを見るような目で言った生徒に、隣の生徒が「そういえば」と告げる。

「お前、ベルジュとすれ違って、失神したんじゃなかったっけ？」

一年に一人はそんな生徒がいたことも、シモン・ド・ベルジュにまつわる嘘《うそ》のような本当の話として、代々語り継がれている。

「あれは、突然でびっくりしたから」

「息がつまったんだろう。――はいはい。気持ちはわかるよ」

「まあ、あの容姿だもんな」

「なんにせよ、とてつもなく神々しい姿を、毎日見ることができた日々が懐かしい」

「たしかに」

「俺たちが、ギリ、生のベルジュを知っている学年だもんな」

「そうなるね」

「う〜ん。今、思い出しても、あの時の監督生はすごかった」

「だな」

「それに比べて――」

そこで、生徒たちが食堂内に視線を流すと、そのタイミングで、上級第四学年の監督生たちが、アーチボルト・シリトーを筆頭に集団で入ってきた。

「あ、ほら、噂をすれば、シリトーだ」

「本当だ」

小柄でちょこまかしているのに、体格のよい監督生の中にあっても、なぜか下級生たちの目を引きつける。

「変だな。こうして見ると、シリトーも、それなりに貫禄《かんろく》がある」

「うん。小《ち》っちゃいのに」

「不思議だよなあ」

そんな会話をしていると、シリトーたちの後ろについていた生徒が、上級生の集団を離れ、彼らのほうに歩いてきた。

「やあ、みんな」

「あ、グレイ」

「もしかして、今まで監督生たちにつかまっていたのか？」

「階代表」の一人であるチャーリー・グレイは、英国を代表する名門貴族であるグレイ家の次男で、長男のエーリックは、数年前にこの学校の「代表」の座についていた。兄弟そろって典型的なアングロ・サクソンの顔をしているが、チャーリーには長男のような陰鬱《いんうつ》さはなく、その顔は茶目っ気たっぷりに輝いている。

「そうなんだけど」

言いながら、グレイは、スマートフォンをこっそり見ていた仲間の手からそれをさりげなく取り上げ、証拠隠滅とばかりに本人の上着のポケットに滑り込ませてしまうと、相手が何か言う前に、指をあげて用件を伝えた。

「筆頭代表が、君を呼んでいる」

「――シリトーが?」

とたん、ざわついた仲間が口々に言う。

「ほら、だから、言わんこっちゃない。スマートフォンに気づいたんだよ」

「ああ」

「きっと、没収だぞ」

だが、それには、グレイが異を唱えた。

「それはないと思う。気づいていたとしても、シリトーなら放っておくだろうし」

「それなら、なんで?」

自分が呼ばれたのか。

口ではさんざんコキおろしていたくせに、いざ、呼び出されるとこうして緊張に戦《おのの》いてしまうくらいには、シリトーも下級生から恐れられていた。アーチボルト・シリトーという人物は、どこかコミカルで親しみやすいのだが、その親しみやすさが曲者《くせもの》であることも、みんなよくわかっているのだ。

恐る恐る訊き返されたことに対し、グレイがあっさり答える。

「君が見たという龍のこと、改めて聞きたいそうだよ」

「へ？」

拍子抜けした生徒が、首を傾げて訊き返す。

「でも、今になって、またどうして？」

「さあ」

自分のために空けられた席に座ったグレイが、「わからないけど」と言いつつ、彼なりの私見を述べてくれる。

「たぶん、ネット上で騒がれ始めたから、きちんと調査する気になったんじゃないか」

「そんな、今さら――」

スマートフォンを持ち込んだ生徒が、言いかけた時だ。

ドオンッと。

なんの前触れもなく地響きを伴う爆音がして、同時に、ピカッと外が光った。

「うわっ！」

「ぎゃあ」

「なんだ？」

生徒たちの悲鳴が交錯する中、パッと電気が消え、あたりが真っ《ま》暗闇《くらやみ》に包まれる。

「ぎゃあぁ！」

「ひえぇぇぇ」

「危ない！」

さまざまな声が交錯し、一瞬にしてパニックに陥りかけた室内に、その時、よく通る声が響いた。

「みんな、動くな」

同じ声が、タイミングを計ってさらに告げる。

「いいから、ジッとしていろよ。——予備電源がつくまで、三、二、一、ほい！」

そのどこか剽軽《ひょうきん》にも聞こえる号令に合わせたかのように、本当に予備電源に切り替わったため、そこここに薄明かりが灯《とも》る。

悲鳴がやんだ食堂内に、窓の外からドウドウと洪水でも起こっているかのような水音がしてきた。

「……雨？」

誰かの声に、別の声が重なる。

「集中豪雨だ」

「こんなに降って、あの湖、氾濫《はんらん》しないよな？」

と、窓の外でふたたびピカッと稲妻が光り、間隔をあけてゴロゴロと雷鳴が鳴り響いた。

「うわ、すげえ」

「この世の終わりみたい」

「ノアの方舟《はこぶね》か?」

そんな声も聞こえてくる中、明るくなったことで落ち着いた生徒たちが、シリトーの号令のもと、互いに被害を確認し合う。

幸い、数人が、慌《あわ》ててひっくり返したスープで火傷《やけど》を負い、他に転んで捻挫《ねんざ》した生徒が一人、二人いたくらいで済んだようだ。

各学年のまとめ役から報告を聞き終えたシリトーは、スマートフォンを取り出し、片手で操作しながら近くの窓に寄っていく。一般の生徒には持ち込みが禁止されている携帯電話であるが、監督生は、こういう非常時のために、全員持ち込みが可とされていた。

窓を開けると、あれほどひどかった雨足はすでに遠のいていて、軒先《のきさき》からしたたり落ちる水の音が、ピチャン、ピチャンと聞こえている。

あたりは、妙に静かだった。

拍子抜けするほどの静けさだ。

あれだけの雨が一気に降ったのであれば、なにかしらトラブルがあって、どこかでサイレンの一つでも鳴り出しておかしくないはずなのに、夜は静かなまま、異変のあったことを片鱗《へんりん》も感じさせない。

（……変だな）

訝《いぶか》しげに首を傾げたシリトーは、手元の画面を見て、さらに眉《まゆ》をひそめた。

「……警報が出ていない」

「え、警報が出てないって？」

シリトーの言葉を聞き取った同じ学年のスミスが、隣に並びながら続ける。

「それ、本当か、シリトー」

「そうだね。僕のスマホが壊れたのでなければ、今のところ、ネット・ニュースにも地方別の天気図にも、集中豪雨の情報は欠片《かけら》も出ていない」

「嘘、なんで？」

窓の外を見あげたスミスが、不思議そうに訊き返す。

「おかしいだろう。あんな、春嵐《ゲイル》って感じでもなく、ノアの方舟でも動き出すんじゃないかってほどの雨が降ったのに、警報がまったく出ていないなんて」

「たしかにね」

同意したシリトーは、相変わらずのどかに静まり返っている田舎の夜を肌で直《じか》に感じながら呟いた。

「……これは、フォーダム級のおかしさだ」

4

同じ日の夜、一人の青年がヒースロー空港に降り立った。

長身瘦軀《そうく》。

長めの青黒髪を首の後ろで無造作に結わえ、黒いロングカーディガンの裾《すそ》を翻《ひるがえ》して歩く姿は、まさに闇の公子そのものだ。

青年の名前は、コリン・アシュレイ。

英国きっての豪商「アシュレイ商会」の秘蔵《ひぞ》っ子《こ》で、悪魔のように頭が切れ、傲岸不遜《ごうがんふそん》が板についたような性格をしていながら、その豊富な知識で人々を魅了する、二十歳過ぎにして、なんとも危険な香りのする人物であった。

現在は、学ぶことがないという理由で大学へは行かず、気の向くままに生きているアシュレイが、滞在先から急遽《きゅうきょ》戻ってきたのには、訳がある。

彼が歩いている到着ロビーには大きな液晶テレビがあって、つけっ放しの画面には、このところずっと世間をにぎわせている、例の龍の映像が映し出されていた。ただ、どの映像も伝説上の生き物の姿をはっきりとらえているわけではなく、どうして、ここまで過熱報道されるのかがわからない。

一昔前なら一笑に付されていたようなものが、こうも真面目にとらえられ、大人たちの話題をさらうというのは、オカルトに造詣《ぞうけい》の深いアシュレイをしても、違和感を覚えざるをえなかった。

この熱狂は、あるいは、世界的人気を博すモンスター・キャッチャー・ゲームの影響なのかもしれなかったが、なんであれ、現実と幻想の区別が曖昧《あいまい》な人間が、急速に増えつつあるのは事実だろう。

しかも、それはインターネットという驚異の情報網を通じて、まさにパンデミックの勢いで、人々の精神を侵そうとしている。

それと、もう一つ。

この熱狂の裏には、情報が手軽に豊富に得られるようになったことで、誰もが、それまで隠されていた神秘のベールの向こうを覗けるようになったと勘違いしていることもあるはずだ。

「オカルト」とは、隠されたもの。

これまで隠されていた超常的な生き物の存在も、今こそ、明らかにされて然《しか》るべきという願いが込められているのかもしれない。

だが、実際のところ、便利になったからといって、誰もが隠された真実に近づけるというものでもない。

(――いや、むしろ、情報が多い分、真実は遠ざかる)

繰り返し流される映像にチラッと視線をやり、唇の端を引きあげて小さく笑ったアシュレイは、取り出したスマートフォンの画面をスライドし、メールの内容を確認しつつ、もう一度、テレビ画面を見た。

もっとも、変則的《イレギュラー》な事態というのは、常に起こり得る。

「『龍尸《りゅうし》』ね……」

小さく呟いたアシュレイが、ふと真面目な顔つきになって考え込むように顎《あご》に手を当てた。彼のところに送られてきた情報が本当なら、世界は、かなり混乱することになるだろう。

繰り返しになるが、神秘のベールを剝《は》ぐのは、人々が考えている以上に困難だ。

どれほど巷《ちまた》に情報が溢れようとも、ふつうの人間が知るべきでないことは、最大限の注意をもって隠されるからだ。それは、秘密を守れる者たちだけが、数世代にわたって密《ひそ》かにその知識を後代に伝えていくことによってのみ、存続し得る。

そうでなければ、欲深い人類は、もっと早くに絶滅していたはずだ。

ただ、何かのはずみで、稀《まれ》にそういった秘密が世に出てしまうことがある。

そんな偶然をとらえることが、神秘のベールの向こうを垣間見《かいまみ》る千載一遇《せんざいいちぐう》のチャンスであり、たしかに、そのようなチャンスを一般人がとらえられる確率は、ここ十数年で格段に高くなった。

ただし、出発点が同じでも、誰もが同じゴールに辿《たど》り着《つ》くわけではない。真実に辿り着く者もいれば、脱落し、ただ空まわりをして終わる者もいる。

要は、誰がどう事態を収拾するかで、その後の運命が決まるというだけのことである。今回の場合であれば、最初に真実に辿り着く人間の種類によって、人類の——あるいは地球という惑星の未来は、大きく変わることになるだろう。

ということは——。

(あいつらが動くな)

大勢の人間が集まり始めた液晶テレビに背を向けたアシュレイは、心の中でそう確信しつつ、歩き出す。

(拳龍《かんりゅう》氏の苗裔《びょうえい》を名乗る、奴《やつ》ら、三足の者たちが——)

だとしたら、アシュレイのやることは、ただ一つ。

「まずは、お手並み拝見と行こうかね」

5

翌日。

「エッグハント」当日を迎えたセント・ラファエロの敷地内を、数人の生徒がわいわいしゃべりながら歩いていた。

どこを歩こうが、誰と話そうが、本日の寮生たちの話題は、ただ一つ。

「エッグハント」の賞品についてだ。

それも、毎年何が飛び出すかわからない「寮長賞」は、生徒たちの関心の的となっていて、自分たちの寮だけでなく、他寮のことにまで話は及ぶ。

この行事の目玉でもある「寮長賞」は、予算の申請さえ通れば、どれほど豪華な、あるいは、プレミアのついた賞品でもよく、「寮長賞」に何を選ぶかで、その年の監督生たちの実力が計れるとまでいわれている。

それだけに、逆の立場からすると、一年でもっとも頭を悩ませる時でもあった。

「それにしても、ここのところ、うちの寮は冴《さ》えないよなあ」

ダーウィン寮の寮生である彼らは、あまりパッとしない「寮長賞」に辟易《へきえき》しているようである。

「バカ。そんなの、どこも同じだろう」

「特に、今年は」

「そうそう。期待するほうが間違っている」

言いながら生け垣に隠されていたゲーム用のイースター・エッグを拾いあげた生徒が、それをポケットにしまいながら続ける。寮内と寮周辺には、同じようなゲーム用のイースター・エッグがたくさん隠されていて、中に入っている紙に書かれた数字の分だけ、チョコレートがもらえるというのが、このゲームの基本だ。

ただし、運がよければ、そこに違う賞品を示唆《しさ》する紙が入っていて、「寮長賞」とか寮長のサインなどが書かれた紙を引き当てれば、今回の目玉賞品が手に入る。

「そもそも、前の前の前の年のヴィクトリア寮とシェークスピア寮の『寮長賞』があまりに豪華絢爛《ごうかけんらん》すぎて、みんな、感覚が麻痺《まひ》しちゃったんだよ」

「前の前の前の年というと……」

誰かが繰り返しながら考え込んだとたん、「そんなの」と全員から突っ込まれる。

「考えるまでもないだろう。みんなの記憶に残るほどすごい『寮長賞』といえば、ベルジュとオニールの二大巨頭が出したものに決まっている」

「ああ！」

すぐには思いつかなかった生徒が、ポンと手を打って納得する。

「あの時の！」

「特に、『シモン・ド・ベルジュと過ごす、一流ホテルでのアフタヌーン・ティー』は語り草になっていて、今、シリトーの補佐としてヴィクトリア寮の代表をしているスミスは、あの時、第二学年《フォースフォーム》で唯一そのお茶会に参加できて、身近にベルジュと接したことで奮起し、めきめきと実力をつけたって話だ」

「ああ、それ、僕も聞いたことがある」

するると、しんがりをつとめていた生徒が、「あれ、でも」と口をはさんだ。彼は、先ほどから、あちこちイースター・エッグを探しているため、みんなよりつい遅れがちなのだ。

「それを言ったら、それこそ、現在のヴィクトリア寮の寮長も、その時に、第一学年で参加したんじゃなかったっけ？」

「え、ホント？」

「それは知らない。――ていうか、今のヴィクトリア寮の寮長って、誰だっけ？」

「エルネスト・ブルンナーだろう」

「ああ、あの人。迫力あるよね」

各寮の寮長は、「筆頭代表」に次ぐ存在なので、学内の勢力図に通じている生徒なら、五つの寮すべての寮長の名前を言えた。

「ヴィクトリア寮といえばさ」

別の生徒が、思い出したように言う。

「去年のシリトーの『寮長賞』も、案外すごくなかったか？」

「あ、そうそう。今や、世界的企業に成長したヘケット社のCEOがサインした携帯電話のケースだったんだけど、実は、そのケースがすごくて、それを持って三年以内にアメリカに行けば、そのCEOと面会できるという特典つきだったろう」

「嘘。それってすごくない？」

「だから、すごいんだよ。それを聞いて、ヘケット社の新機種が出るたびに買い替えている奴らなんか、本気で盗もうと画策していたくらいで」

「ふうん。シリトーって、あんなに小っちゃいのに、やることはけっこうデカいんだな」

「うん。それに、あの人がアメリカ人だって、俺、その時に初めて知ったし」

「たしかに！」

「そうなんだ？」

「みんな、知らなかったよ」

「僕も、今知った」

言いながら、見つけたイースター・エッグを取ろうとしゃがみ込んだ生徒が、次の瞬間、「えっ？」と声をあげて固まった。

その間にも、他の生徒たちは、どんどん遠ざかっていく。

だが、その生徒は固まったまま動かず、ジッと一点を見つめている。

その視線の先には花壇があり、咲き始めたばかりの花々が揺れているが、その下を、ゆらゆらと揺れるように一匹のカメが歩いているのだ。

ウミガメほど大きくはないが、その四分の一くらいはありそうな、大きなカメだ。甲羅が分厚くとんがっていて、かなり立体感がある。

しかも、その甲羅の上に、イースター・エッグが載っていた。ただの白い卵かもしれないが、なんであれ、卵だ。

「……カメが、卵を背負っている？」

違和感のある光景を、見たまま呟いた生徒は、腕を伸ばしてひょいと卵を取り上げた。

その時。

シュルシュルッと。

何か細長いものが彼の足下のほうに向かって動いた気がして、彼は「わわっ」と声をあげて飛《と》び退《の》き、そのせいでバランスを崩して尻餅《しりもち》をつく。

「なんだ、今の？」

尻餅をついたまま、手足をバタバタと動かして周囲を見まわしたが、特に何かがいる様子もなく、彼はホッとして肩の力を抜いた。

「……見間違いかな?」

それから、改めて手にしたものを見ると、それは、イースター・エッグではなく、かといってただの卵でもない、ちょっと変わった石だった。

卵と見紛《みまが》うような白い楕円形をした石で、天頂部に細長く縦にキズが入っている。

「ちぇ、イースター・エッグじゃないんだ」

これでは、チョコレートはもらえない。

そこで、そのへんに投げ捨てようと手を振りあげるが、あまりに手触りがいいことに気づいて、捨てるのがもったいなくなる。

(どうしよう。持っていようかな)

悩んだ末、石を制服のポケットに滑り込ませた彼は、あたりを見まわして呟いた。

「そういえば、あのカメ、どこに行ったんだ?」

いつの間にか、姿が見えなくなっている。

カメといえば、足が遅いので有名だが、見まわした限りでは、もうそのあたりにいる様子はない。

「うそ、意外と逃げ足速《はえ》え」

感心した彼は、「だけど」とその場で首を傾げる。

「この学校に、カメなんていたのか。あの湖に棲息《せいそく》しているのかな。……だって、まさか、生徒の誰かが飼っているってわけでもないだろうし」

なんとなく、カメから石を強奪してしまった罪悪感があるのだが、別に、カメの卵を盗んだわけではないし、石くらい、ないと困るというものでもないだろうと思って、気にしないことにする。

折りしも、その時――。

ポツリ、と。

歩き出そうとした彼の鼻先に雨が落ち、見あげた空から大粒の雨が次から次へと降りそそいだため、カメどころの騒ぎではなくなる。

それは数歩も行かないうちに驚くような豪雨に変わり、彼が「ひゃあ」と声をあげて慌てて寮に駆けこんだ時には、目と鼻の先くらいの距離であったにもかかわらず、全身ずぶ濡《ぬ》れとなっていた。

飛び込んできた彼に向かい、他の寮生からからかいの声が飛ぶ。

「なんだ、ニコラス、泳ぐには、ちょっと早くね?」

「うわ。その状態で、廊下《ろうか》を歩く気か?」

「先に、乾かしたら?」

それに対し、「ハックシュン」と盛大なくしゃみで応えた彼に、あちこちから「ご愁傷様」と声がかかった。

6

その夜。

ダーウィン寮の自室で寝ていたニコラス・ロッドは、ふいに「うわああ！」と大声をあげて飛び起きた。

ベッドの上で半身を起こしたまま、ハアハアと荒い息をつく。

全身から、尋常でない汗が流れ落ちる。

「……なんだ、今の」

呟いた彼は、震える手で自分の胸元を押さえながら、考える。

恐ろしい夢を見た。

鏡のように円く大きな目が、ジッと彼を見ている。

瞬きをしない真ん丸い目は、ゾッとするほど恐ろしい。

（あれは……）

ニコラスは考えようとするが、息が苦しくて考えがうまくまとまらない。心臓の鼓動がどんどん速くなっていき、目の前が白くかすむ。

なんだか、変である。

身体が、おかしい。

火照《ほて》ったように熱く、呼吸が浅く荒くなっている。

(風邪か……?)

昼間、突然の集中豪雨で全身ずぶ濡れになったのが、まずかったのかもしれない。

「はあ、はあ」

一所懸命深呼吸しようとするが、息を吸い込むのがままならない。喉《のど》に何かが詰まっているかのようで、次第に全身に倦怠感《けんたいかん》が広がっていく。

(……ああ、僕は、どうしてしまったんだろう)

ふいにあらゆることが怖くなったニコラスは、ほとんど転がり落ちるようにベッドを降り、扉のほうへと這《は》っていく。

「──誰か」

意識が朦朧《もうろう》とし始める中で、彼は可能な限りの大声で助けを呼ぶ。

「誰か、助けて!」

すると、すぐ隣の部屋で寝ているルームメイトが、異変に気づいて起き出す音が聞こえた。

バタンと隣の部屋の扉が開き、すぐにこの部屋の扉を叩《たた》く音がする。

だが、それに応えようとした彼は、そこで力尽きた。

遠のく意識。

「——おい、ニコラス。ニコラス、大丈夫か?」

ノックの音が強くなり、彼のことを心配する声が聞こえたが、もはや、ニコラスが返事をすることはなく、部屋の中は静まり返る。

と——。

部屋の片隅で、何かが動いた。

細長く蠢《うごめ》くそれは、ニョロニョロとうねるように移動しながら、暗い部屋の天井《てんじょう》に影を映し、隣人が飛び込んでくる前に消え去った。

第二章　迷惑な頼みごと

1

週末を控えた金曜日。

　大学での授業を終えたユウリが身支度をして帰ろうとしていると、机の上の携帯電話が着信音を響かせた。基本、あまり携帯電話をチェックしないユウリだが、時計を忘れてきたため、時間を確認するのに出してあったのだ。

　なんともラッキーな電話の相手は、とても珍しい人物で、発信者の名前を見たユウリは「あれ？」と意外そうな声をあげて電話に出る。

「やあ、シリトー」

　かけてきたのは、ユウリのパブリックスクール時代の後輩であるアーチボルト・シリトーで、昔からちゃっかり者を装いつつ極めて優秀だった彼は、現在、生徒自治会《スチューデントソサエティ》執行部の総長の座についている。

『あ。どうも～、フォーダム。さすが、僕って、わかっちゃいました？』

「うん」

『それは、よかった。もしかして、お得意の「超能力」ってやつですかねえ』

「まさか。悪いけど、僕は『超能力』なんて便利なものは、持ち合わせていないよ。単に発信者に君の名前が出ていただけで」

『あ、種を明かせばそんなもんですね。いやあ、僕も「地獄耳」なら少しは持ち合わせていますけど、「千里眼」というわけにはいかず、「念力」に至ってはさっぱりです』

「そうだろうね」

『残念ですよ～。あれば、いろいろと楽なのに。――時に、お元気ですか～』

相変わらず、どこか剽軽《ひょうきん》さを漂わせる相手は、ユウリが答える前に『いやいや』と続けた。

『ここは、一つ、勝手に完全に百パーセント元気という前提のもとに話を進めさせていただくと、これから、会えませんか？』

「――これからって、今から？」

一拍置いて胡乱《うろん》げに訊《き》き返《かえ》したユウリに、元下級生は『そうです』と堂々と答える。

「急だね」

『そうなんですけど、実は、折り入って相談事があるんですよ』

「相談事ね」

シリトーからの相談事というのは、意外すぎて、危険度や厄介度《やっかいど》などがまったく予測できない。

ユウリが、当たり前のことを訊く。

「どんな？」

『それは、一言では説明のつきにくいあれこれについてです』

相手の言い分に対し、「それはまた」とユウリは答える。その間にも、携帯電話を持っていないほうの手で、荷物をまとめる作業を続けた。

「複雑な事情がありそうだね」

『ええ。わかってくれます？　僕、このままだと、絶対に禿《は》げてしまうと思うんですよねえ。なんていうのか、神経症的な？』

ユウリからすると、シリトーほど精神的にタフな下級生は見たことがなかったが、そんな彼がそう言うからには、本当に困っているのかもしれない。

ユウリが、「ただ」と懸念を示す。

「もし、相談の内容が『総長』としてのものなら、僕よりシモンにしたほうが……」

『いやいや』

そこは、あっさり、シリトーが否定する。

『どんな相談をどこに持ち込むべきかは、おかげさまで、ここ数年で得意技の一つになっていますから、間違えません。断言しますが、ここは貴方《あなた》の出番です。言うなれば「フォーダム的現象」ですよ』

「フォーダム的現象……?」

変な造語が作られたものであるが、それで、多少は問題の性質が見えてくる。シリトーと超常的な問題で直接関係したことはなかったはずだが、聡《さと》い彼は、経験から、なんとなく察知しているのだろう。

ユウリが、言う。

「でも、今からと言っても、君、学校にいるんだよね?」

平日のこの時間であれば、ふつうは学校にいるはずで、シリトーの所属するセント・ラファエロは、ロンドンから車で二、三時間の場所にある。

だが、予想に反し、シリトーからは意外な答えが返った。

『いいえ。僕、今、ロンドン大学の近くにいるんです。実は、このあと、夜の便でアメリカに戻るので、その前に、どうしてもお会いしておきたくて』

「アメリカに?」

驚いたユウリだが、考えてみれば、シリトーはアメリカからの留学生であり、志望校もすべてアメリカの大学である。

「そうか。受験の準備で」

『そういうことです』

応じたシリトーが、『だから』と続ける。

『会ってくれますよね、フォーダム。可愛《かわい》い後輩を見捨てないでください』

「……わかったよ」

結局押し切られる形であったが、ユウリは、待ち合わせの場所を伝えると、ひとまずその場は電話を切った。

2

「フォーダ～～ム！」

遠くから聞こえてきた声で、ユウリは、捜す手間なく待ち合わせ相手と会うことができる。

二人が落ち合ったのは、老舗《しにせ》ホテルのラウンジで、平日の午後ということもあり、仕事で利用している紳士淑女が多いようであったが、中には、明らかに観光客とわかる東洋人女性の姿もあって、彼女たちは、こぞってアフタヌーン・ティーを頼み、異国の風習を楽しんでいた。

そんな中、案内されたテーブルに着いたところで、お茶と軽食を頼んだユウリは、久しぶりに会う下級生から、まずはじっくりと話を聞くことにする。

それにしても、十代の男子というのは、一年ごとの身体的成長が著しく、たいていは会うと驚くほど背が伸びていたり体格がよくなったりしているものであるが、不思議と、シリトーはあまり変わらず、変わった点といえば、少し背が高くなり、骨格がしっかりしてきたくらいであった。

それでも、生徒自治会執行部の総長になるのだから、よほどやり手ということだ。

というのも、偏見を持つわけではないが、まがりなりにも学校の顔ともいうべき「総長」に対しては、どうしても、実力と同時に、外見的な貫禄《かんろく》のようなものが要求されがちだからだ。

その点、シリトーには圧倒的に貫禄というものが欠けていて、実際、今期の総長選でシリトーの当選が決まった際には、在校生だけでなく、卒業生も掲示板でざわついたという噂《うわさ》だ。

そのシリトーが、相変わらず軽やかな口調で、切々と現状を訴える。

「――というわけで、どうしましょう」

「どうしましょうって言われても……」

ある程度のところまで聞き終えたところで、ユウリが言う。

「超常現象ねえ」

「はい～」

ひとしきりしゃべって喉《のど》が渇いたのか、紅茶を飲みながらシリトーは深く頷《うなず》いて続ける。

「僕としては、あんまり、そういったいかがわしい単語は使いたくないので、僕なりに表現し直すと、まあ、要は、どうしてそうなるのかわからないような、原因と結果が今一つしっくりと説明しきれない常識外れの出来事？」

「うん、超常現象だね」

言い方を変えたところで、結果は変わらない。

ユウリが元の言葉で納得すると、シリトーは「ま、そうなんですけどね」と応じて、サンドウィッチを一つつまみ、汚れた指をナプキンで拭《ふ》きながら説明する。

「まず、謎《なぞ》の放電現象を『落雷』で片づけたところまではよかったんですが、龍の目撃にはほとほと困ってしまって、そんな折に、出所の知れないあの集中豪雨ですよ。通りすがりに、誰かが空でバケツでもひっくり返したんじゃないかってくらいの一点集中型の豪雨で、あまりに範囲が狭すぎて、どの気象会社も把握《はあく》していないという。しかも、それがほぼ連日」

「それは、たしかに不思議だね」

お茶のお代わりを注いでやりながら認めたユウリに、「でもですよ」とシリトーが勢い込んで続ける。

「それは、まだ序の口で、そもそも、湖が放電しようが、龍が空を飛んでいようが、バケツをひっくり返したような雨が降ろうが、学校関係者になんの被害もないのであれば、それはまあ、そんなこともあろうかですむ話なんですが」

ユウリには、とてもそうは思えなかったし、シリトーの話の中で、実は、一つ引っかかっていることがあったが、まずは黙って相手の話に合わせる。

「ということは、ここに来て、被害者が出たんだね？」

「そうなんです！」

　身を乗り出して肯定したシリトーが、「まさに」と困ったように首を振る。

「ついに、実際の被害者が出てしまって、幸い、うちの寮《ハウス》ではないんですけど、『総長』なんてものをやっていると、他寮の問題にも、そっぽを向くわけにはいかなくて」

「だろうね」

　同調したユウリが、「それで」と尋ねる。

「どんな被害が出たんだい？」

「それは、本人曰《いわ》く『祟《たた》り』だそうで」

「――祟り？」

　意外そうに訊き返したユウリが、首を傾《かし》げて確認する。

「なんの？」

「蛇《へび》です」

「蛇？」

「そう、蛇です」

「龍ではなく？」

　これだけ「龍」で騒がれているのだから、ここは龍であってほしかったが、どうやらそう単純でもないらしい。

「とぐろを巻いた蛇だそうです。——ほら、龍は、とぐろを巻けないでしょう?」

「いや」

ユウリが、あっさり否定する。

「巻くよ」

「……へえ?」

意外そうに相槌《あいづち》は打ったものの、シリトーは路線変更せずに続ける。

「とにかく、蛇が夢に出てきて睨《にら》むそうです」

「なるほど」

「もっとも、それだけなら、もちろん放っておいてもいいんですが——」

いや、よくないだろうと思うユウリに対し、「問題は」とシリトーが告げる。

「その生徒が、その夜のうちに、本当に具合を悪くして救急搬送《はんそう》されたってことなんです」

「救急搬送?」

さすがにそれはただごとではないと思ったユウリが、眉《まゆ》をひそめて問い返す。

「それで、その子は大丈夫なのかい?」

「いちおう、一晩で退院して、昨日から寮の部屋で休んではいますが、容態はあまりよくありませんね。仲間の寮生たちが、倒れた日の昼間に彼が急な雨に打たれたと言っていたので、ただの風邪かとも思ったんですが、診察した医者は、何かの毒素に触れた可能性があると言っていました」

「毒素?」

それはまた穏やかではないと思うが、「幸い」とシリトーは言う。

「医者に処方された抗生物質が効いて、今は症状こそ出ていませんが、相変わらず悪夢は見るらしく、同じ部屋の生徒の話では、鎮静剤の効果もなく、寝てもひどくうなされているとかって。――ああ、彼、ダーウィン寮の『階代表《ステアマスター》』のルームメイトなので、おわかりとは思いますが、いちおう寝室は別なんです。それなのに、そのルームメイトにまで聞こえるくらいのうなされ方であるらしく、あれでは、身体《からだ》は休まらないだろうと」

「それは、心配だね」

「はい」

そこで、少し考えたユウリが、「それにしても」と言う。

「その崇っている蛇というのは、どこから出てきたんだろう?」

「さあ」

紅茶に手を伸ばしながら応じたシリトーが、どうでもよさそうに付け足した。

「どこかで踏んづけでもしたんじゃないですか」

なんともシリトーらしい現実的な見解に、小さく苦笑したユウリが考え込む。

（たぶん、何か原因があるはずなんだけど……）

それは、本人に訊いてみるしかない。

そこで、ユウリは、話の向きを変え、先ほどから気になっていたことを尋ねる。

「それはそうと、シリトー。さっき、超常現象の説明の中で、湖で放電現象があったと言っていたけど、それはいつ頃のこと？」

「えっと」

考え込んだシリトーが、「たしか」と答える。

「ヒースロー空港で龍が目撃された翌々日です。うちで龍を見たと騒いだ生徒がいた日の夜のことですから」

「ふうん。――それなら、その後、湖でおかしなことが起きたとか、見えたとかいった話は聞こえてこなかった？」

「ないですね」

きっぱり否定したシリトーが、「むしろ」と続ける。

「波一つ立たず、不気味なくらい静まり返っています」

「……波一つ立たず？」

それはそれで妙かもしれないとユウリが思っていると、ちらっと腕時計を見おろしたシリトーが「――で」と今回の相談事の核心に触れた。

「今までの話を踏まえたうえで、フォーダムにお願いがあるんですが」

顔をあげたユウリが、慎重に問い返す。

「……もしかして、僕に、セント・ラファエロに出向いて、なんとかしろと言おうとしていない？」

「ああ、さすが。わかっているなら話は早い」

両手を組んで喜んだシリトーが、さらに図々《ずうずう》しいお願いをする。

「できれば、僕がアメリカから戻ってくる前に、ちゃちゃっと解決しておいてくださるとありがたいんですけど」

「アメリカからって……」

それには、さすがのユウリも言葉が続かない。

問題の丸投げとは、まさにこのことだ。それも、年下の人間からの丸投げであれば、相手によっては、この瞬間に席を立たれても文句は言えない。

もちろん、ユウリはそんなことはしなかったが、それでも戸惑いは隠せない。

「悪いけど、無理だよ、シリトー。無茶を言わないでくれるかい」

「なんでです？」

心外そうな顔をしたシリトーが、両手を開いて応じる。

「貴方なら大丈夫ですよ。というより、こんなおかしな現象、フォーダムにどうこうできなければ、一生あのままですよ。そうなると、かわいそうなダーウィン寮の生徒――ニコラス・ロッドというんですけど――の悪夢は終わらない」

「そんな――」

別に、ユウリのせいではないし、ユウリが責任を感じるようなことでもなかったが、それでも、人の好《よ》いユウリは迷うように視線を泳がせる。

もしここに、ユウリの庇護者《ひごしゃ》を自任するシモンや、同じロンドン大学に通っている仲間のアーサー・オニール、さらに、ユウリの一つ下の後輩で、シリトーの一つ上の先輩に当たるエドモンド・オスカーがいたら、どんな手段を講じても、即刻シリトーを黙らせていただろう。

それがわかっているので、シリトーはこうして直談判《じかだんぱん》しに来た。

「もちろん、わかりますよ、フォーダム」

シリトーが片手を突き出し、もう片方の手を胸に当て、狂言回しのピエロのように大仰に言う。

「僕がアメリカに戻ってしまうのが、不安なんですよね」

「――いや、それは別に」

「いいんです、いいんです。気持ちはわかります。僕のように使い勝手のいい下級生がいない母校は、さぞかし心細いでしょうけど、そこはそれ、ご心配なく、僕のほうで手は打ってあります」

「……どういうこと？」

ユウリはシリトーの不在についてはなんとも思っていなかったが、話の流れで儀礼的に問い返すと、待っていましたと言わんばかりに得々と答えが返ってきた。

「それはですねえ、ご一緒できない僕の代わりに——、いや、むしろ、貴方を守ることに情熱を注いでいたベルジュやオスカーに代わる——と言ったほうがいいのかもしれませんが、献身的な騎士《ナイト》を用意しましたので、彼になんでも訊いて、頼んで、危ないことは彼に任せちゃってください」

「……任せちゃってって」

自分より年下の人間を盾にする気など毛頭ないユウリが、なかば呆《あき》れながら問い返す。

「また、そんな勝手なことを言って、その子は、本当に状況を理解できているのかい？」

「当然ですよ」

しっかり頷いたシリトーが、「彼は」と説明する。

「ヴィクトリア寮の寮長で、今期の代表にも選ばれた人間であれば、学校内の問題については、僕と同じくらい把握しています」

「そうなんだ」

少しは納得したユウリが、「そういえば」と尋ねる。

「今期のヴィクトリア寮の寮長って、誰になったんだっけ？」

「エルネスト・ブルンナーですよ」

「え？」

意外そうに応じたユウリが、「ブルンナーって」と確認する。

「あの小柄で、人見知りの？」

「あ〜」

そこで、変な声をあげたシリトーが、「まあ」とこめかみを掻《か》きながら続けた。

「他人に対する印象は、人それぞれですが、一つだけ言っておくと、彼は、僕以上に、昔から貴方のファンですよ、フォーダム」

3

同じ頃。

ロンドン某所。

通りに面したカフェのテラス席に座るアシュレイは、広げた資料のページをめくりながらブラックコーヒーをすすった。

三月下旬のロンドンはまだ肌寒く、黒縁眼鏡《めがね》をかけ、黒いロングカーディガンをまとったまま座る姿は、お洒落《しゃれ》で知的な研究者か、でなければ、やり手のエージェントを思わせる。

運ばれてきたホットサンドを脇《わき》に置いたまま、アシュレイが熱心に資料を読み込んでいると、ふいに手元のスマートフォンが着信音を響かせた。

チラッと視線を流し、表示された発信者を確認したアシュレイは、軽く眉をひそめ、その場でしばし考える。

出るか、出ないかの判定をしているのだろう。

アシュレイは孤高の人間で、人とつるむということをいっさいしない。電話番号もたびたび変え、変えたことを通知するのは、ほんの一握りの人間に限られていた。

それゆえ、第三者が彼に連絡を取ろうと思ったら、まず、以前の電話番号にかけ、例の「おかけになった電話番号は……」というメッセージを聞いてイラッとし、大部分はそこで諦《あきら》めるのだが、それでも諦めきれない人間は、彼の生家である「アシュレイ商会」の代表番号に連絡し、驚くほどのたらい回しにあったのち、ようやく新しい連絡先を教えてもらえたらラッキーなほうで、結局わからずじまいになることもままあった。

だが、教えてもらえたからといって、そこで安心するのはまだ早く、ようやく手に入れた電話番号にかけても、アシュレイに出る気がなければ、そのままスルーされ、しばらくしてかけ直した時には、最初と同じ、「おかけになった電話番号は……」という空《むな》しいメッセージを耳にすることになるのだ。

当然、連絡を取ろうとした側は、プライドも何もズタズタで、まずもって、彼に連絡を取ろうとは思わなくなりそうだが、不思議とそうならないのがアシュレイで、一度でも彼と関わり、それなりにきちんとした対応をしてもらえた人間は、その蠱惑的《こわくてき》な魅力に囚《とら》われ、なんとしてでも、また彼と関わりたいと思うのだ。

その誑《たら》し込《こ》み方は、まさに悪魔の所業といえよう。

そんなアシュレイに電話をかけてきたのは、毎回、困難かつ屈辱的な道のりに耐えてまで、定期的に連絡を取ろうとしてくるアレックス・レントであった。

アレックスは、アシュレイより二つ年上で、アシュレイも所属していたことのあるイギリス西南部の全寮制パブリックスクール、セント・ラファエロの創立者一族、レント伯爵家の直系長子である。

さらに、同じヴィクトリア寮で上下関係にあったことから関わりは深いほうだが、在校中からずば抜けて優秀で、かつ放埒《ほうらつ》であったアシュレイが、下級生らしくしていたことはいっさいなく、それを、アレックスは、底の浅い善意で温かく見守っていた。

創立者一族の人間ということで、実力というよりは、家名で生徒自治会執行部の総長になったアレックスであるが、人柄は悪くなく、それなりに人望があった。

ただし、アシュレイなどからすると、アレックスの善意には裏があり、物事を深く考えないことで、ほとんどすべてのものに「善」を見出《みいだ》し、それでもどうしても見出せない場合は、対象物から目を背けるという、実にお手軽、かつ、眉唾《まゆつば》な解決法を取ることで成立していた。

その手法により、アレックスの中でのアシュレイは、「根は善人なのに、それを隠して悪者のように振る舞う、不器用な人間」という的外れな分類がなされていた。

アシュレイとしては鬱陶《うっとう》しい限りで、アレックスとの付き合いを遮断《しゃだん》してもいいくらいなのだが、どういったわけか、時々、驚くような角度でアシュレイの役に立つことがあるため、最小限の接触を許している一人だ。

ただ、もちろん、連絡してきたからといって、その電話に出る、出ないは、アシュレイの気分次第で、今も、悩んだ末、アシュレイはしかたなく電話に出ることにした。

「――アシュレイ」

繋《つな》がったとたん、電話口から文句がこぼれ出す。

『やれやれ、やっと繋がったよ。――まったく、ひどいじゃないか、アシュレイ。毎回毎回、電話が繋がらないなんてさ。本当に、僕がどれほど苦労して、君に連絡を取っているか、わかっているのか。――だいたいね、連絡先が変わった時は、それを通知するのが礼儀というものだし、そもそも、それほど頻繁に電話番号を変える必要が、どこにあるっていうんだ』

電話を耳から遠ざけ、資料を読みながら聞き流していたアシュレイは、こんな電話がかかってくるから、頻繁に電話番号を変えるのだと思っている。

だが、アシュレイの心中など知ったことではないアレックスは、なおも文句を続けた。

『正直、僕の知り合いで、これだけ頻繁に連絡先が変わる人間は他《ほか》にいないけど、何か訳でもあるのかい。――あ、まさか、君、どこかの組織に追われているとか。そうだとしたら、それはそれで問題だから、よければ、僕のほうでいい弁護士なり、なんなりを紹介するよ。――って、もしもし、もしもし』

ここに来て、アシュレイのほうからまったく相槌がないのを変に思ったらしいアレックスが、『なあ、おい、もしもし？』と語尾を荒らげた。

『アシュレイ、君、聞いているのか?』

そこで、ようやく、アシュレイが答える。

「いや。聞いているわけがないし、用がないなら切るぞ」

『あ、待て。それが、元上級生に対する態度か? ——いやまあ、君に、態度云々《うんぬん》を言うのは、ブタに真珠を与えることほど空しい行為ではあるんだけど、それでも、君だって、そろそろ礼儀を学んでもいい年頃だろう。——いいかい、これは、君のためを思って言っていることなんだぞ』

だが、真摯《しんし》な忠告もまったく響いていないアシュレイが、「もう一度だけ言うが」と冷たく警告する。

「用がないなら、切るぞ」

『だから、待てって』

慌てて引き留めたアレックスが、続ける。

『用はあるよ。あるから、こんなに苦労してまでかけたんだ』

「なら、早く言え」

そこで『実は』とアレックスが本題に入る。

『我らが母校セント・ラファエロに、ある人物から僕宛《あ》てに荷物が届いているそうなんだけど、君、取りに行ってくれないか?』

「——は？」

さすがのアシュレイも虚をつかれ、驚いた声をあげてしまう。

「今、なんて言った？」

『だから、ある人物から荷物が——』

「それは、わかっている。わからないのは、そのあとだよ。まさか、俺に、あんたの使いをしろと言っているわけではないだろうな？」

『まあ、大枠で言えばそうなるかもしれないけど』

大枠もなにも、そのとおりである。

アシュレイにこんなバカな提案を持ちかけてくるというのは、考えられない愚かしさであるが、思えば、アレックスにはこれによく似た前例がある。

まだセント・ラファエロに在籍していた当時、アレックスはアシュレイを自分の『雑用係《ファグ》』に指名するという苦い経験をしているのだ。『雑用係』というのは、文字どおり、寮生を監督する立場にある上級生が仕事をこなすにあたり、人を呼びにやったり、必要な紙類を配らせたりといった雑事を頼むために、寮生活にも慣れ始めた第二学年《フォースフォーム》の生徒から、優秀そうな人間を選んで指名する。

指名された側は、面倒ではあるが、堂々と上級生のいる場所に出入りでき、おのれの顔を売り込む絶好のチャンスであるため、野心のある生徒なら喜ぶのがふつうだ。

だが、当たり前だが、ふつうとは程遠いアシュレイがアレックスの命令などに従うわけもなく、結局一年間無視し続けたアシュレイの代わりに別の人間が用事を務めたという逸話が残されている。

それだというのに、懲《こ》りずに愚かなことを言ってきた元上級生に対し、さすがに呆れ果てたアシュレイが何も言わずに電話を切ろうとしていると、本能的に察したらしいアレックスが、『あ、まだ切るなよ』と慌てて取り繕《つくろ》う。

『言っておくけど、最後まで話を聞いたほうが、君のためでもある』

「俺のため?」

いったい、今までの話のどこに、アシュレイの利になる情報があったというのか。まったくもって話が見えず、明らかに不機嫌な声になったアシュレイが、「それは」と問う。

「どういう意味だ?」

『だから、いくら僕でも、ただの荷物を取りに行けと言うほど、バカではないということだよ』

「ほう?」

『取ってきてほしい荷物というのは、サム・ミッチェルから送られてきた荷物なんだ』

そこでわずかに間を置いたアシュレイに対し、アレックスが言葉を繋ぐ。

『君なら、サム・ミッチェルの名前くらい、知っているだろう』

「――ああ。映画の登場人物気取りの考古学者だろう。ＢＢＣなどでも、その冒険の記録がたびたび放映されている」

『そう。そのサム・ミッチェルだよ』

「だが、彼は、半年くらい前に死んだはずだ」

『うん。ネパール地震に巻き込まれて』

認めた相手に対し、アシュレイが訝《いぶか》しげに訊き返す。

「その死んだ男から、荷物が届いたっていうのか？」

しかも、よく関係性のわからないアレックス宛てに――。

『そうなんだよ』

「二人は、どういう関係だ？」

『まあ、ふつうに友人だね。でも、彼にしてみると、僕は、唯一無二の友人だったかもしれない』

応じたアレックスが、『実は』と続けた。

『彼とはキース・ダルトンに誘われて顔を出したある映画祭のパーティーで知り合ったんだけど――、キース・ダルトンはわかるだろう？』

「ああ」

キース・ダルトンは、同じヴィクトリア寮で、当時、アレックスの補佐をしていた男であるが、誰もが、彼こそが裏ですべてを仕切っているとわかっていた実力者であった。だからといって、決して優等生ではなく、むしろ『快楽主義者《エピキュリアン》』の名をほしいままにした放蕩者《ほうとうもの》で、アシュレイとは違った意味で、人を誑し込むのが実にうまい人間だ。

その彼の父親は、著名な音楽プロデューサーで、その手の華やかな場には顔が利く。

アレックスが続ける。

『サムは、出会った頃からあんな感じで野心に満ちていて、付き合いは広いが、心を開ける友人というのがいないタイプだった。その点、少し、君に似ているよね』

まったく違うが、指摘しても無駄なことは指摘しない。とことん実利的なのがアシュレイである。

勝手に思い込んでいるアレックスが、『そんな彼が』と説明する。

『どういうわけか、僕には心を開いてくれて、すぐにメールをやり取りするようになったんだ。そして、そのうち彼が旅先から自分宛てに送りたい荷物があると、セント・ラファエロの僕宛てに送るようになって、それを、折をみて、僕が帰国した彼に届けるという仕組みができあがった。——というのも、天涯孤独の彼は、ロンドンでは根なし草のような生活をしていて、あまり定住というのを好まず、旅に出ている間は決まった住所がなかったために、安心して荷物を預けられる送り先が欲しかったようなんだ。その点、学校は、絶対になくならないし、僕は、そこが本籍地だから、僕宛てに送っておけば、荷物が行方不明になることはないからね。頭のいい方法だと思うよ』

　相変わらず、なんとも善意に解釈しているが、要は、中継地としていいように使われただけである。しかも、場合によっては、麻薬など、違法な荷物の受け渡しに利用される可能性もあり、かなり危ない橋を渡ったといえなくもない。

　だが、そんなことは露ほども疑っていないアレックスが、『今回も』と言う。

『きっと旅先から何か送ったはいいけど、あの地震で、現地は壊滅状態になったようだから、おそらく郵便物も瓦礫《がれき》の下に埋もれてしまっていたんだろう』

「それが、半年以上経《た》った今になって、送られてきたってことか」

『うん。たぶん、あちらの状況を考えると、こうして荷物が無事に届いたことは、奇跡に近い』

「なるほど」

　ようやく話の内容が見えてきたところで、アシュレイが、手元の資料にチラッと視線を流した。その思惑ありげな表情からして、どうやら、アレックスの話に興味を覚えているらしい。

　アレックスが、言い訳するように続けた。

『もちろん、僕が取りに行けばいいのはわかっているけど、今、仕事のほうが立て込んでいて、それに、ほら、半年以上も前に亡くなった人間から届いた荷物ってことは、つまりは遺品ということで、何もないとわかってはいても、なんかちょっと……なんていうか……こういろいろと思うところがあるっていうか』

どうやら、遺品ということに引っかかりを覚えているようだ。

うだうだと言葉を繋いでいるアレックスが、『そのせいかどうか』と、新たに興味深い情報を付け足した。

『セント・ラファエロでは、このところ、おかしなことが続いているそうだし』

「おかしなこと?」

『僕も詳しくは知らないけど、謎の発光現象とか、そんなようなことがね』

「起きているって?」

『そう。——だから、とにかく』

何が、『だから』なのかはわからなかったが、アレックスが、なんとか丸め込むように結論づけた。

『君なら、そういう遺品みたいなものに免疫がありそうだし、祟られたって死にそうもないから、その荷物を取りに行ってもらって、なんならその場で開封していいので、君の判断で、処分してもよさそうなものは処分し、彼のお墓に入れてあげたほうがよさそうなものがあったら、それはそれで、応相談ということで、まあ、まずは、見に行ってはくれないかと——』

結局、それが言いたかったらしい。

知人ではあるが、さして深い関係でもなかった人間からの遺品に触るのが嫌で、代わりの人間をやろうとしている。

滑落事故で亡くなったというサム・ミッチェルの怨念《おんねん》でも恐れているのか。

それとも、やはり、彼が送った荷物にはいわくがありそうだと感じているのか。

なんにせよ、面倒であることに変わりはないし、アシュレイ自身、ふだんなら決して引き受けたりしない案件であったが、そこは、さすがアレックスである。時として、驚くような角度から、本当にアシュレイの役に立つ。

鬱陶しい会話の間も切らずにいた甲斐《かい》があったというものだ。

手元の資料から顔をあげたアシュレイは、口元に小さく笑みを浮かべると、その依頼を引き受けた。

「いいだろう。──俺が、その遺品をどうしようと勝手だというのであれば、その話、受けてやる」

とたん、電話の向こうで安堵《あんど》の溜《た》め息《いき》が聞こえ、『もちろん』と万事を丸投げするような返事が来た。

『引き取り手もないことだし、死者の安らぎになるような方法で処分してくれるのであれば、荷物のことはすべて、君に任せるよ』

そう告げたアレックスが、最後に能天気としかいえない感想を付け足した。

『ほら。やっぱり、僕が思っているとおり、君って、実はいい奴《やつ》──』

だが、傍若無人《ぼうじゃくぶじん》が代名詞となっている男は、相手の言葉を最後まで聞かず、フッと唐突に電話を切った。

それから、何ごともなかったかのように資料を手に取り、改めて呟《つぶや》く。

「サム・ミッチェルの遺品ね。──それは、なんとも運がいい」

4

ところ変わって、セント・ラファエロのヴィクトリア寮では、第三学年《フィフスフォーム》の「階代表」の筆頭であるチャーリー・グレイに用があったエルネスト・ブルンナーが、下級生の部屋がある階へとみずから出向いた。

もちろん、誰かを呼びに行かせてもいいのだが、たまにはこうして巡回し、下級生の様子を見ておくのも寮長の務めだと思っていたし、何より言葉より先に身体が動くタイプなので、こうした訪問もまったく厭《いと》わない。

むしろ迷惑なのは、下級生のほうだろう。

それまで廊下や談話室で羽目《はめ》をはずしてはしゃいでいた生徒たちは、寡黙《かもく》で存在感のある寮長の姿を目にしたとたん、すべてに急ブレーキをかけ、中には友人同士ぶつかり合ったりしている。

「ブルンナーだ」

「寮長だぞ」

「ばか、それ、隠せ」

そんな声も聞こえるが、ブルンナーは見て見ぬふりで通り過ぎる。別に、抜き打ち検査をしに来たわけではなく、軽い牽制《けんせい》のつもりだ。言ってみれば、犯罪抑制を狙《ねら》う警察のパトロールと同じで、すべてを取り締まっていたら、警察だって容量オーバーでパンクしてしまう。

セント・ラファエロに五つある寮はすべて同じ造りとなっていて、古い木造家屋である本館と最新の設備が整った全個室の新館が渡り廊下で繋がっている。

本館の一階には食堂などの共有スペースと舎監や寮母の住まいがあり、階上では、第一学年《サードフォーム》と第二学年の生徒が一部屋に六人ずつ押し込められ、第三学年は、それより少し余裕のある三人部屋で生活を送るようになる。

ただし、第三学年の中でも各学年の調停役となる「階代表」だけは、小さな応接間と二つの独立した寝室を持つ二人部屋に入ることができ、基本、サポート役のルームメイトには、誰を指名してもいい。

そして、ブルンナーが向かっているグレイのルームメイトは、ピーター・オースチンという少々変わり者だが、優秀かつ気のいい生徒であったはずだ。

ちなみに、第四学年《シックスフォーム》になると、新館で狭いながらも全員個室を与えられ、ようやくプライベートな空間が確保できるようになるわけだが、下級生のまとめ役である第四学年の寮長と監督生に限っては、特権的に本館最上階にある豪華な個室で生活することができ、当然ブルンナーも、角部屋である寮長室で生活している。

もっともせっかく豪華な部屋を与えられても、やることが多すぎて、部屋でゆっくりできる時間などないに等しい。

ある意味、究極の無駄《むだ》遣いである。

第三学年の生徒たちの部屋が並ぶ廊下を歩くブルンナーに、その時、横合いから声がかけられる。

「ブルンナー」

振り返ると、自習室から顔を出している下級生がいて、彼は寮長に対し畏敬《いけい》の念を込めて伝えた。

「もし、グレイに用がおありでしたら、今、彼は第一学年のところに喧嘩《けんか》の仲裁に行っています」

「そうか」

そこで、グレイの部屋のほうに迷うような視線を投げると、すかさず、その下級生が「あの、よければ」と申し出る。

「呼んできましょうか？」

「ああ」

頷いたブルンナーが、廊下の奥を指でさす。

「それなら部屋で待っていると伝えてくれ。——さほど急がないから」

「わかりました」

グレイが下級生の仲裁をきちんと終わらせられるようにと思って付け足すと、意図を理解した相手が、すぐさま駆け出した。

その背に向かい、ブルンナーが忠告する。

「だから、走るな。転ぶぞ」

とたん、走るのをやめ、でも、早歩きで、下級生は階段を降りていった。

小さく溜め息をついたブルンナーが、グレイの部屋に向かっていると、目の先でくだんのドアが開いて一人の男が出てきた。

作業着を着ているので、建物の設備管理をしている校務員だろう。ただ、ブルンナーには見覚えのない顔である。しかも、こちらの視線を察したのか、スッと気配を殺した感じで行き過ぎようとするのが気になり、ブルンナーは立ち止まって声をかけた。

「貴方《サー》」

だが、相手は、気づかないふりをして通り過ぎようとする。

そこで、とっさに腕を摑《つか》んで、もう一度呼びかけた。

「すみませんが、貴方《サー》」

ハッとしたように顔をあげた男の袖口《そでぐち》から覗《のぞ》いた手に、奇妙な記号が見えた。楕円形《だえんけい》のような丸から三方に小さく線が延びている。

チラッと記号に目を留めたブルンナーが、腕を放しながら尋ねる。

「この部屋に、ご用がおありでしたか？」

「はい。水漏《みずも》れの連絡が来たので、点検に来ました」

「水漏れ？」

聞いていなかったブルンナーだが、水漏れは急を要することなので、部屋の主や気づいた人間が直接事務局に連絡を取ることもある。

それでも、この手の騒ぎは、すぐに彼らの耳に届くはずだ。

「……そうですか」

いちおう納得したブルンナーが、念のために言う。

「すみませんが、入館証《ID》を」

相手は、首からさげていた入館証を、ブルンナーに見えるように持ち上げた。写真入りの入館証に不審な点はなく、確認したブルンナーが、一歩引いて告げる。

「たいへん失礼しました。お疲れ様です」

ブルンナーが礼儀正しく謝ると、男は、何ごともなかったかのように歩き去った。

入れ替わるように、階段をあがってきたグレイが、「ブルンナー」と大声で言いながら近寄ってくる。

「わざわざ来るなんて、どうしました？」

「いや」

用事があって降りてきたブルンナーであるが、グレイが開けたドアから部屋に入りながら、先に尋ねる。

「この部屋で水漏れ騒ぎがあったのか？」

「いえ」

知らなかったらしいグレイが驚いたように振り返る。

「そんなこと、誰が？」

「誰というより、今、校務の人が点検に来ていた」

「へえ」

意外そうなグレイが、「もしかして」と続ける。

「ピーターが呼んだんですかね？」

自分がルームメイトに指名した生徒の名前をあげるが、「でも」と続ける。

「そのわりに、部屋にいないみたいだけど」

言いながら、応接間の奥に二つ並んでいるドアの一つをノックして、中を覗く。

「やっぱり、いませんね」

だが、次の瞬間、グレイが恐怖に満ちた声をあげた。

「……ぎゃっ！」

「どうした？」

驚いたブルンナーが、慌てて後ろから部屋を覗き、やはりびっくりしたように目を丸くする。

そこに、蛇がいた。

勉強机の上でとぐろを巻き、赤く光る目でジッとこっちを見ている。

「──なんで、蛇が」

すると、ブルンナーの横で力を抜いたグレイが「……ああ」と告げる。

「彫刻か」

「……彫刻？」

「そうです」

「いや、しかし、さっき舌が動いたように見えたが……」

「でもほら」

言いながら狭い部屋を横切ったグレイが、蛇を持ち上げて振る。

「生きていません」

「……そうか」

いちおう了解したブルンナーが、「それにしても」と気味悪そうに続けた。

「なんで、そんな不気味なものを持っているんだ」

それに対し、多少なりとも事情に通じているグレイが、蛇を元の場所に置きながら「なんでも」と教える。

「彼のお父さんがわざわざ送ってきてくれた中国土産の鉱石とセットになっていたそうです。——肝心の鉱石は、現在行方不明中ですが」

「鉱石?」

「そうです。……えっと、なんて名前だったかな」

グレイが、こめかみに指を当てて続ける。

「なんとかって名前の鉱石で、見た目が卵に似ているんです」

「なるほど」

納得したらしいブルンナーが、「だからか」と言った。

「オースチンが、装飾用のイースター・エッグを捨てずにすべて部屋に持ち込んだという話は聞いていたので、何をするのかと思っていたんだが」

「ああ、そうなんですよ。——このとおり」

そこで、グレイが、遅まきながら、色とりどりのイースター・エッグで溢《あふ》れ返《かえ》っている部屋の惨状を指し示す。

「卵だらけで」

「大変そうだな」

「ま、捜し物が見つかれば、それでいいんですけど」

肩をすくめたグレイが、オースチンの部屋から出ながら申し出る。

「――あ、お茶でも淹《い》れましょうか？」

「そうだな」

だが、その時。

ふいに部屋の扉が開いて、同じ第三学年の生徒が飛び込んできた。

「グレイ！　あいつら、性懲《しょうこ》りもなく、また喧嘩を始めた！」

「うっそ。勘弁してくれ」

どうやら、階下の騒ぎは完全には収まっていなかったらしく、天を仰いで嘆いたグレイを見て、肩をすくめたブルンナーが、「しかたないな」と言ってゆっくりとドアのほうへと足を向けた。

どうやら、寮長みずから、仲裁に向かってくれるらしい。

そんなふうに、片時も落ち着くことのできない寮生活の中で、特に大きな問題とはならなかった見慣れない校務員のことなど、残念ながら、あっという間にブルンナーの意識から追いやられてしまった。

第三章　懐かしき学《まな》び舎《や》

1

週末。

早朝から起き出し、車庫にある車の一つにエンジンをかけていたユウリに対し、見送りに出てきたアンリが訊《き》く。

「ユウリ、本当に、一人で平気?」

「もちろん」

今回、ユウリは、初めて母校まで車で行くことにした。向こうの状況がまったく見えないこともあり、車にすることで機動性を確保しようという狙《ねら》いだ。

片道、およそ三時間の長距離ドライブ。

ふだんの生活ではさほど車を使う必要のないユウリにとって、これほど本格的なドライブを一人でするのは初めてだ。

それを知っているアンリは、いつになく心配そうである。

「真面目《まじめ》な話、僕も一緒に行くよ。――僕なら、車で寝泊まりしてもいいんだから」

「冗談」

ユウリが、ダッシュボードに地図があるのを確認しながら言い返した。

「だいたい、この週末は、レポートを仕上げるって言っていたよね」

「そんなの、どこでもできるから」

「駄目《だめ》だよ。うちに居候《いそうろう》したせいで君の成績が下がりでもしたら、シモンに顔向けできなくなる」

それを言ったら、ここでユウリを一人で行かせて何かあった時のほうが、はるかにシモンに顔向けできない。

「う〜ん、でもなあ」

うなるアンリに、ユウリが安心させるように笑いかける。

「そんなに心配しなくても、本当に大丈夫だよ。安全第一で運転するし、古巣に帰るだけなんだから」

それから、運転席に滑り込みながら続けた。

「それより、君こそ、遊んでないで、レポート、しっかりやるんだよ」

どうでもいいようなことで釘《くぎ》を刺されたアンリが、小さく溜《た》め息《いき》をつき、「あ、そうそう」とそれに関連したことを訊く。

「それで思い出したけど、書斎にある百科事典が何冊か見当たらなくて」

「ああ、それなら、僕の部屋にある」

応じたユウリが、すぐに付け足した。

「悪いけど、勝手に捜して持っていってくれる?」

「わかった」

頷《うなず》いたアンリであるが、なんだかんだ、そのことはどうでもいいらしく、最初の議論に戻って、「やっぱり」と主張する。

「一緒に行くって、ユウリ」

「だから、必要ないよ」

きっぱり断ったユウリが、エンジンをふかし、挨拶《あいさつ》代わりにクラクションを一つ鳴らしながら、丁寧《ていねい》なハンドルさばきで走り出した。

後ろから門のところまでついていき、車の影が消えるまで見送っていたアンリが、しばらくして、大きく肩を落として踵《きびす》を返す。

ユウリという人間は、案外肝が据《す》わっていて、あらゆる困難を乗り越える力があるのは知っているが、見た目にもどこか儚《はかな》げなところがあるせいか、ついついあらゆることが心配になってしまうのだ。

　基本、不干渉を貫いているアンリですらこうなのだから、たぶん、このことを知らないシモンの耳に入ったら、アンリ以上にやきもきするだろう。下級生がなんの用事でユウリを呼びつけたのかは教えてもらっていないが、当然、ユウリは、今回の急な予定をシモンには連絡していないはずだ。

　していたとしても、ユウリもそれなりに大人であれば、シモンだって、ユウリの意志を無視してまで何かを強要することはできず、どんなに心配でも、見守るしかない時もある。

（あ〜、たしかに、心臓に悪い）

　そんなことを思いながら屋内に戻ったアンリは、エヴァンズ夫人の用意してくれた朝食を食べたあと、午前中のうちにレポートを仕上げてしまおうと思い、まずは、見当たらなかった百科事典を捜しに、ユウリの部屋へと向かう。

　ユウリは「勝手に捜して」と言っていたが、いつ来ても、年頃の男子の部屋とは思えないほど整理整頓《せいとん》が行き届いていて、ものがみな端然とあるべき場所に収まっている。これほどきれいな部屋を、アンリは他《ほか》で見たことがない。

　だから、捜すまでもなく目当ての本はすぐに見つかり、手に取ったアンリは、ほぼ同時に着信音を響かせたスマートフォンのメールをチェックする。

と、その時。

なんの前触れもなく部屋の窓がバタンと開いて、つむじ風のようなものが部屋の中を駆け巡った。風が駆け巡るというのも、おかしな表現であるが、実際、風が巡るたびに、ダン、ダンと、壁や天井《てんじょう》を踏み鳴らす音がするので、そう言うしかない。

「——うわ」

驚いたアンリが、思わず声をあげる。

「なんだ?」

片手に本を持ち、もう片方の手にスマートフォンを持ったまま固まったアンリのまわりを、そのつむじ風が包み込むように回り出す。

ダン、ダン、ダン。

ヒュッ、ヒュッ、ヒュウ。

やがて、そのつむじ風が渦を巻きながら窓から消え去った後の部屋には、それまでそこにいたアンリの姿はなく、ただ、床の上に羽を広げるように開かれたまま落ちている事典と、新たに電話の着信音を響かせ始めたスマートフォンが残されているだけだった。

2

イギリス西南部にある全寮制パブリックスクール、セント・ラファエロ。

その広い駐車場に車を停《と》めたユウリは、降りたところで大きく伸びをして、空を見あげながら運転中の疲れを発散する。

もっとも、疲れといっても、さしたる疲れはない。

ドライブは順調で、高速を降りたあとの田舎道は快適の一語に尽きた。

もちろん、シモンが一緒で、途中途中、ご飯を食べたりお茶したりできれば、なおよかったが、今回は、そういうのが目的の旅ではないので、文句は言えない。

歩き出したユウリは、まず事務局に顔を出し、来訪の手続きをすませる。卒業生といえども、いったん出てしまえば、部外者に変わりはない。

手続きを終え、入館証を手にしたユウリが真っ先に向かったのは、古巣のヴィクトリア寮《ハウス》ではなく、敷地《しきち》内にある湖だった。

正直、湖というには少し小さいが、沼というには大きすぎ、さらに中央部は五メートルを越す深さがあるらしく、地図の上でも湖に分類されている水たまりだ。しかも、その深みがどこまで続いているかは謎《なぞ》で、昔から、数々の伝説を持つ不思議な場所である。

実際、知る人ぞ知る、この湖は異世界と通じていて、「湖の貴婦人《ダームデュラック》」と呼ばれる妖精《ようせい》モルガーナの支配下にある。

そして、湖に向かったユウリは、真っ先に彼女に挨拶をしたかったのだが、湖畔《こはん》に立ったところで、愕然《がくぜん》とする。

(――嘘《うそ》?)

ユウリは、一目見て、湖が空っぽであることに気づいた。

まさに、無だ。

もちろん、空っぽとはいっても、表面にはなみなみとした水を湛《たた》えていて、ふつうの人が見れば、以前と変わらない湖だろう。

だが、きらめきもなく、死んだようにひっそりとしているそこに異世界の住人たちの気配は皆無《かいむ》で、深みも何もない、ただの水たまりでしかなかった。

「いったい、どうして……」

こんなことになってしまったのか。

ユウリには、異世界のことはよくわからないが、「湖の貴婦人」というのは、かなり由緒正しい高位の妖精で、その支配下にある土地を、そのへんの侵入者においそれと明け渡すとは思えない。

(もしかして、結界が破られたのだろうか……)

ユウリは思うが、それならそれで、結界を破った側の勢力の存在があってもおかしくないのに、湖には、そういった妖《あや》しい気配すら感じられない。

ただ、水たまりとしての湖があるばかりなのだ。

(……何かが、変だ)

それはわかるが、何が変なのかがわからない。

「……みんな、どこに行っちゃったんだろう」

思わず呟《つぶや》いたユウリに対し、ふいに背後から声がかけられる。

「誰が、いなくなったんですか?」

「え?」

びっくりして振り返ったユウリの目に、この学校の制服を着た青年の姿が映る。背が高いうえに骨格がよく、もの静かだが、とても頼りがいのある印象の生徒である。

間違いなく、第四学年《シックスフォーム》の生徒だろう。

しかも、上着の下に刺繍《ししゅう》のあるベストを着ているので、代表の一人であるのはたしかだ。

ただ、シリトーと同じ学年にしては見覚えがないので、この貫禄《かんろく》で、まだ下級《ロウアー》第四学年の可能性が高い。でなければ、他寮の上級《アッパー》第四学年の生徒が、ユウリを不審者と勘違いして声をかけてきたのか。

「……いや、ただの独り言だから」

　相手の質問にどぎまぎしながら答えたユウリに、その生徒は懐かしむような、どこかはにかむような笑顔を向けて挨拶した。

「そうですか。──それはそうと、お久しぶりです、フォーダム。事務局まで迎えに行こうと歩いていたら、こっちに降りていく姿が見えたので」

　どうやら、ユウリのことを知っているらしいとわかり、ユウリは少しホッとして訊き返す。

「それは、わざわざありがとう。──それで、君は？」

「ああ、失礼しました」

　その瞬間、わずかだが残念そうな声になった生徒が、自己紹介する。

「今期のヴィクトリア寮の寮長を務めさせてもらっているエルネスト・ブルンナーです」

「──え」

　名前を聞いた瞬間、今まで以上に驚いたユウリが、「え、え」と慌てる。

「ブルンナーって、あのブルンナー？　あのこんなに小さかった」

　言いながら、誰もがやりがちな一メートルもないくらいの高さを示したユウリに、苦笑したブルンナーが頷く。

「そのブルンナーです。入学したての頃は、身体《からだ》も小さくて人見知りも激しかったから、ずいぶんと貴方《あなた》に助けてもらいました」

「そんな、助けたというほどのことはないけど、そうだよね。うん、君のことは、よく覚えているよ。――いやでも」

マジマジと相手を見すえながら、ユウリが感想を述べる。

「しばらく見ないうちに、すごく大きくなったんだね」

たしかに、二、三年会わないでいると印象が変わるほど成長する生徒はたくさんいるが、さすがにこれは、変わりすぎの部類に入る。

すでに、まったくの別人だ。

「おかげさまで」

「そうかあ。君がねえ」

しかも、寮長で代表だ。

ユウリが感心していると、ブルンナーが「フォーダムは」と言った。

「あまり、変わりませんね」

「そう？」

おのれを顧《かえり》みたユウリが、ボソッと付け足す。

「……いちおう、これでも成長しているんだけど」

すると、ぼやきを聞き取ったブルンナーが「あ、いや」と弁明した。

「そういう意味ではなく、卒業時のことは噂《うわさ》で聞いていただけなので、今日姿を見て、あまり変わっていなくてよかったと」

「――ああ」

ユウリは納得した。

たしかに、ユウリはとある事情で卒業式に出席できず、その後、「神隠し」の噂だけが一人歩きしてしまったため、ブルンナーのようにあまり接点のない人間は、詳しいことはわからず、うやむやのままだったはずだ。

「ごめん」

ユウリが謝ると、「いいえ」とブルンナーは言った。

「事情はどうあれ、お元気ならそれで十分です」

自分が突っ込んだことを訊く立場ではないことは重々承知しているらしく、彼はそう言うと、「それより」と話題を変えた。

「今回は、シリトーが無理を言ったようで、すみません。学校内のことは学校内で解決すればいいのに、なぜか、貴方を呼ぶと言って聞かなくて。――あの人、ふだんは、人に頼るようなことはしないんですが」

「うん。知っている」

ユウリも、それがわかっているから、こうして来てみる気になったのだ。

しかも、来てみて正解だった。

いったい、この湖に何があったのか。

ひいては、モルガーナを始めとする妖精たちは、どうなってしまったのか。

それを、知る必要がある。

ただ、そのために何をすればいいのか、ユウリにはまったくわからない。

何より、情報が少なすぎて判断ができないのだと考えたユウリは、ここは一つ、超常現象に遭った生徒たちから直接話を聞いたり、現場を見たりする必要がありそうだと判断する。

考え込んでしまったユウリに、ブルンナーが提案した。

「何はともあれ、一度、寮に行きませんか。フォーダムの分も、昼食を用意してあるんです。――ああ、それとも、すでにおすみですか？」

「ううん」

応じたユウリは、自分がとてもお腹《なか》が空《す》いていることに、改めて気づいた。

「食べてない。喜んでお相伴させてもらうよ」

そこで、ひとまず考えることをやめたユウリは、湖畔を離れ、ブルンナーとともに懐かしきヴィクトリア寮へと向かった。

3

二人がヴィクトリア寮に着いたとたん、外では雨が降りだした。

それはまさに、シリトーが言っていたような凄《すさ》まじい豪雨で、扉から後ろを振り返ったユウリが、びっくりして言う。

「すごい、雨」

「ここ数日はこんな感じなので、間一髪《かんいっぱつ》、濡《ぬ》れずにすんでよかったです」

言いながら食堂を通り過ぎた元下級生に、ユウリが「あれ？」と尋ねる。

「食堂ではなく？」

昼食を取ると言っていたので、てっきり食堂に入るものだと思っていたが、ブルンナーは気を回してくれたようである。

「食堂だと落ち着いて話ができないと思ったので、寮長室に準備しました。それに、上級第四学年のハリーズとストットンも、一緒に食事をしたいと言ってきたので、部屋で待っていると思います」

「へえ」

ハリーズとストットンは、ユウリがまだ下級第四学年だった頃、ある事件で密に接する機会のあった生徒たちで、ユウリが懐かしそうに応じる。

「二人とも、元気にしている？」

「はい。二人して、前年度から監督生をしています。すごく目が行き届いた配慮をしてくれる彼らは、フォーダム塾の一期生と思われていますよ」

「……フォーダム塾？」

そんなものを開催した覚えはなかったが、要は、問題を起こした時にユウリのフォローを受けた下級生たちが感化され、その後、ユウリのような立場で物事に対処するようになることをいうらしい。

影響力とは、本人の与《あずか》り知《し》らないところに出るらしい。

「ちなみに、貴方より一つ下だったチャムは、みずから『フォーダムの愛弟子《まなでし》』を名乗っていましたが、さすがに感化されるには年が近すぎたみたいで、正直、俺たち下級生からすると、チャムはチャム独自の存在感を醸し出していました。それで、一期生にはならずにゼロ期生と考えられているんです」

「なるほどねえ」

そんな話をしながら階段を登るうちにも、寮内には、ブルンナーが伴ってやってきた人物のことが、すぐに噂となって広がっていった。退屈している生徒たちは、目新しい話題があったら、すぐに飛びつく。

「ね、ブルンナーが連れているのって、誰?」

「さあ」

「私服だから、他寮の生徒ではないよね」

「きっと、ここの卒業生だろう」

本館には、第一学年《サードフォーム》から第三学年の生徒がいて、第一学年と第二学年《フォースフォーム》の生徒は、ユウリのことを直接知らない。それで、みんなキョトンとしていたが、階段をあがり、第三学年の生徒に会うようになると、すぐに生徒の口からその名前が飛び出す。

「嘘。あれ、フォーダムじゃないか?」

「本当だ」

「遊びに来たのかな?」

そんな中、廊下の奥のほうからバタバタと急ぎ足でやってくる生徒がいた。

「フォーダム、お久しぶりです」

「やあ、グレイ」

ユウリは、グレイ家の娘の誕生日会にシモンと一緒に招かれたことがあるため、チャーリーのことはその頃から知っていた。

そこで、親しげに会話を続ける。

「君も大きくなったね。それに、今、『階代表《ステアマスター》』なんだって?」

「そうです。しかも、筆頭――つまりは、第三学年の『階代表』なので、以前、ベルジュと貴方が同居していた部屋にいるわけです」

「ああ、そうか」

応じたユウリが「あれ、でも」と首を傾《かし》げた。

「その頃は、まだいなかったのに、よくそんなことを知っているね」

「そりゃ、今や、シモン・ド・ベルジュは、この学校の伝説ですから。ベルジュが使っていた椅子《いす》とか、ベルジュが使っていた机なんてものたちは、寮生たちの垂涎《すいぜん》の的になっています」

「それはすごい」

感心したユウリが、ポロリと本音を漏らす。

「――でも、そう言われると、なんか懐かしい」

その一瞬、本当に昔に戻ったような気持ちになる。

シモンと同室だった輝かしい日々。

悩みはそれなりに多かったが、それでも、いちばんシモンを身近に感じられた時だったかもしれない。

そんなユウリに対し、グレイが言う。

「ちなみに、貴方の寝室を使っているのは、僕のルームメイトの――」

言いかけたグレイが、「あ、ちょうどいい」と呟いて、廊下の奥に向かって大きく片手をあげた。

「おおい、ピーター、ちょっと来てくれ」

ユウリがつられて振り返ると、そこに、キョロキョロしながら自習室から出てくる生徒の姿があった。ひょろりとした身体に眼鏡《めがね》をかけた姿は、さしずめ、「なんとか博士」のようである。

近づいてきた生徒が、ブルンナーに小さく頭をさげ、ユウリに不可解そうな視線を投げてから、ルームメイトを見た。

「呼んだか?」

「呼んだよ。——ほら、覚えているだろう。僕たちが第一学年の時の最上級生で監督生だったフォーダム」

「——ああ」

どうやら忘れていたらしい生徒が、首を前に突き出すようにして挨拶する。

「こんにちは、フォーダム」

「やあ、えっと、オースチンだっけ?」

「そうです」

答えたオースチンの背中を叩《たた》いて、グレイが言う。

「フォーダム。彼が僕の現在のルームメイトなので、昔、貴方が使っていた寝室を使っているんですよ」

「そうなんだ」

頷くユウリの前で、ともに事実を認識させられる形となったオースチンが、改めてユウリの顔を眺めた。その表情がどこか珍しげなのは、そういった繋《つな》がりなど、考えたこともなかったせいだろう。

おそらく、自分の興味の対象以外は、どうでもいい研究者タイプなのだ。

そんなオースチンの制服のポケットにあるものを見て、ユウリが「――え？」と驚いて訊く。

「嘘、君、寮で蛇を飼っているの？」

とたん、みんなの視線が一点に集中する。

「ああ、これは」

ポケットに手を突っ込んだオースチンが、取り出しながら教えた。

「彫刻です。あるものの台座なんですけど」

「いや、でも……」

ユウリが戸惑ったように漆黒の瞳《ひとみ》を翳《かげ》らせた横で、「そういえば」と思い出したようにブルンナーが、訊く。

「例の落とし物は見つかったのか?」

「いえ、まだです」

オースチンが残念そうに答えると、グレイが友人を元気づける。

「きっと、見つかるって。――えっと、なんて名前だっけ?」

「羊脂玉《ようしぎょく》」

答えたオースチンに対し、ユウリが興味を惹《ひ》かれて訊き返す。

「ようしぎょく?」

すると、急に饒舌《じょうぜつ》になったオースチンが、「『羊脂玉』というのは」と説明し始めた。

「翡翠《ジェード》の仲間で、『硬玉《ジェダイト》』と呼ばれる石に比べて価値が低いとされる『軟玉《ネフライト》』の一種ですが、中国の和田《ホータン》地方で取れる和田玉の中でも、特に透明度の高い白く脂のような艶《つや》のあるものは『羊脂玉』と呼ばれ、『軟玉』の中では貴重なものとされています。昔から中国では『硬玉』よりも価値があると考えられ、人々に愛されてきました。それでもって、僕が持っているのは、父が四川《しせん》省の市場で見つけ、珍しいからとわざわざ送ってくれたものなんです」

説明しながらスマートフォンを取り出し、彼のSNS上に載せた実物の写真を見せてくれる。

「これなんですけど」

「……へえ。たしかに魅力的な石だね」

「わかりますか？」

「わかるよ。――それが、失《な》くなってしまったんだ？」

「はい。見た目が卵に似ていたので、誰かがイースター・エッグと取り違えてしまったのかもしれず、ずっと捜しています」

　そこで、グレイが「だけどさ」と口をはさんだ。

「回収したゲーム用のイースター・エッグの中には、そんなものはなかったそうだし、装飾用のイースター・エッグは、君が全部部屋に持ち込んだんだろう？」

「うん。持ち込んだものは、全部見たけど、見つからなかった。――でも、失くなるわけがないし、絶対にどこかにあるはずなんだ」

　必死で言い募《つの》るオースチンに、ユウリが優しく告げる。

「大丈夫。この手の石は、必要としている人のところに必ず届くから」

「本当に？」

　オースチンが訊き返し、ユウリが「うん」と頷く。

「石が、持ち主を選ぶんだ」

「よかった」

　そこで、ようやく希望を見出《みいだ》したオースチンであったのに、次にグレイが言った悪気のない意見に、ふたたびどんよりと落ち込む。

「でも、フォーダム、その考え方だと、もし他にもっと必要としている人がいたら、石はそっちに行ってしまうのでは？」

「――グレイ」

すべてをぶち壊す発言に、ユウリが困ったように名前を呼び、ブルンナーも小さく首を振って呆《あき》れる。天真爛漫《てんしんらんまん》で嫌味のないグレイだが、たまにこうして空気を読まないところがあるのは、兄のエーリックと同じだ。

「とにかく、早く見つかるように祈っているよ」

ユウリが話を締めくくり、ブルンナーにうながされて歩き出す。

そんな彼らの背後では、グレイとオースチンが、昼食を取るために食堂へと向かいながら小声であれこれ言い合った。

「ピーター、君、フォーダムに、なに講義をぶっているんだよ」

「それは、彼が『羊脂玉』のことを訊いたから」

「馬鹿《ばか》。そんなの社交辞令に決まっているじゃないか」

自分の失態は棚に上げて、グレイがピーターをたしなめる。

「まったく、空気が読めないんだからな。これだから、『博士』は困る」

「悪かったね」

唇をとがらせて応じたオースチンが、喧嘩《けんか》になる前に話題を変えた。

「それはともかくとして、チャーリー、昨日、僕の寝室に入った？」

「いや」

否定したグレイが、眉《まゆ》をひそめて言い返す。

「いくら僕でも、断りもなく、人のプライベートな空間に入るような失礼な真似《まね》はしないさ」

「だよね」

頷きつつも、どこか納得がいっていない様子のオースチンに、グレイが「なんだよ」と続ける。

「また、何か失くなりでもしたのか？」

「ううん。それはないけど、ものの位置が微妙にずれている気がして」

とたん、グレイが呆れたように言う。

「そんなの、ただの思い違いだろう？」

「かもしれないけど、ちょっと気になるんだ」

「気になる——ってねえ」

グレイが、肩を落として指摘する。

「君さ、友人が髪型を変えてもわからないくせに、自分の身の回りのものの位置が変わるとわかるわけ?」

　すると、クルッと横を向いてグレイを見たオースチンが、遅まきながら問う。

「え、もしかして、チャーリー、髪切った?」

「切ったよ。先々週、父に呼ばれて家に戻った時」

「そうか。ごめん。全然気づかなかった」

「だろうね。——別に、いいけど」

　そこで、しばらく沈黙が落ち、ややあってグレイが言う。

「そういえば、昨日、僕たちの部屋に校務の人が点検に入ったって、ブルンナーが言っていたっけ」

「校務の人?」

「うん。なんでも、水漏れの連絡があったらしいけど、君、そんな連絡をした?」

「いや、してない」

「それなら、やっぱり、点検する場所を間違えたんだな。——ただまあ、校務の人が僕たちの部屋から出てくるところをブルンナーがはっきり見ているので、入ったのは間違いないわけで、その人が、何かのついでに、君の寝室のものを動かしたのかもしれない」

「なるほど、校務の人か」

　納得しかけたオースチンが、「でも」と続けた。

「それなら、水回りを見ればいいだけで、寝室に入る必要はないよね？」

「だね」

認めたグレイが、「なら、やっぱり」と言う。

「君の勘違いとか？」

「まあ、そうかもしれない。これといって、取られたものもないしね。――それに、僕は『羊脂玉』さえ見つかれば、それでいいんだ」

「あ〜、はいはい、わかったよ」

根負けしたように、グレイが申し出る。

「午後、ちょっとなら、捜すのを手伝ってやるから」

「ほんと？」

「うん」

「ありがとう」

そんな会話をしながら、二人は、昼食で賑《にぎ》わう食堂へと入っていった。


一方。

グレイたちと別れてすぐ、ユウリの上着のポケットで携帯電話が鳴り出す。

先に気づいたブルンナーが、教える。

「フォーダム、ケータイが鳴っていますよ」

「え、ホント？」

そこで携帯電話を取り出したユウリは、発信者を見て驚いたように呟く。

「あれ、シモン？」

言うなり、すぐに電話に出たユウリを立ち止まって待ちながら、ブルンナーはなんとも言えない複雑そうな表情になった。

彼は、シリトーが言っていたように、初期の頃からのユウリの崇拝者で、おおかたの下級生が、「なぜ、ベルジュの横にフォーダムのような人間が並べるのか」という疑問を持っていたのに対し、彼だけは終始、「なぜ、ベルジュは、当たり前のような顔をしてフォーダムの隣にいられるのだろう」と考え、羨《うらや》ましく思っていた。

同時に、「いつか、自分が、ベルジュに代わってフォーダムの隣に並びたい」と願った結果、こうして、まがりなりにも彼の隣に立つことができた。

正直、昨日は、興奮してよく眠れなかったくらいであるのに、電話とはいえ、そんな彼の夢のような時間にまで、かつての守護者は平気で割り込んでくる。

「もしもし、シモン？」

『やあ、ユウリ』

携帯電話から流れてきた高貴で甘い声を聞いた瞬間、ユウリは、シモンのいる世界に囚《とら》われる。

人を夢見心地にさせる声のまま、シモンがさりげなく言った。

『今、エヴァンズに聞いたのだけど――』

「――え？」

自分の家の執事兼管理人の名前をあげられたユウリが、唐突に現実に引き戻されて訊き返す。

「エヴァンズにって、嘘、シモン、今、どこにいるの？」

『もちろん、ハムステッドの君の家だよ』

「いや、でも、今週末は予定が詰まっているって言ってなかったっけ？」

最近は会う機会こそ減っているが、その分、メールで近況報告はし合っている。

そして、最後のメールでは、今週末にロンドンに行くが、予定がぎっしり詰まっていて会えそうにないとあったのだ。

『そうなんだけど、こっちで行われるはずだった会議が一つ、諸々《もろもろ》の事情で中止になってしまって、午後の予定が丸々空いたから寄ってみたんだ。――いちおう、メールもしたんだよ』

「ごめん。見てない」

『わかっている』

ユウリにメールをしても、読むのは会ったあとだったりするので、シモンもあまり期待はしていない。運がよければ見てくれるくらいに考えていて、今も気にせず、最初の会話に戻って告げた。

『それより、驚いたよ。君、今、セント・ラファエロにいるんだって？』

「うん、そう」

『でも、またどうして？』

エヴァンズには、行き先は告げてあっても、理由までは教えていないため、シモンがわからないのも無理はない。

「それは、話すと長くなるから、今度会った時にでもゆっくり話すよ。——ただ、ことの発端《ほったん》は、シリトーなんだ」

『ふうん。シリトーねえ』

若干《じゃっかん》不満そうなシモンが、『それなら』と続ける。

『今は、彼と一緒？』

「ううん。シリトーは、受験の準備でアメリカに帰っている。僕を案内してくれているのは、ブルンナーだよ。——覚えている？　エルネスト・ブルンナー。あの小さかったブルンナーが、今や、ヴィクトリア寮の寮長で」

『もちろん、知っているよ』

ユウリよりはセント・ラファエロの現状に詳しいシモンが、あっさり応じてから、『そうか』と残念そうに言った。

『それならしかたない。今回は、アンリと兄弟愛を深めることにするよ』

「うん、それがいいと思う」

ユウリにしても、シモンに会える機会を逃したのは非常に残念だったが、たまには兄弟二人で水入らずの時間を過ごすのも大事だろうと思い、賛同する。

だが、そこで、シモンが意外なことを訊いた。

『――で、そのアンリだけど、いったいどこにいるんだろう?』

「え?」

訝《いぶか》しげに受けたユウリが、訊き返す。

「家にいない?」

『いない。エヴァンズは「お部屋にいらっしゃいます」と言っていたけど、覗《のぞ》いたらもぬけの殻で、書斎にも姿が見えないんだ』

「それは、変だね。今週末は家でレポートをやると言っていたからいるはずだよ」

答えたユウリが、「あ」とあることを思い出して、付け足した。

「もしかしたら、僕の部屋で捜し物をしているかも」

『君の部屋?』

移動しながら話しているのか、ちょっと前から、シモンの声がわずかに遠のいたり近づいたりしていた。ややあって、ユウリの部屋を覗いたらしいシモンが、声にわずかに緊張をにじませる。

『――変だな』

「何が？」

『いや、何が変か、まだはっきりとはわからないんだけど、まず、アンリは君の部屋にもいない。でも、おかしなことに、ちょっと前までここにいて、急にいなくなったような気配があちこちに残っている』

「……急にいなくなった？」

シモンの説明で、ユウリの声にも緊張がみなぎる。

『そう、たとえばだけど、君の部屋の状態を見たままに言うと、窓が開いていて、床にはページを広げた状態の本が落ちている。――あと、スマホも、だ』

言いながら拾いあげたらしいシモンが、『たぶん、これ』と付け足した。

『アンリのスマホだな』

「え？」

驚いたユウリが、「なんで」と問いかける。

「アンリのスマホが落ちているわけ？」

『わからないけど、ユウリ。僕は、限りなく嫌な予感がするよ』

「……嫌な予感？」

『うん、もしかしたらだけど』

あらゆる可能性を考慮しながら、電話の向こうのシモンが緊張した声になって告げる。

『アンリは、この部屋から、何者かに連れ去られたのかもしれない――』

「何をちょこまかとやっているんだ、あいつは……」

湖を見おろせる大きな窓の前に立ったコリン・アシュレイは、雨上がりの濡れた道を、まさに「すたこらさっさ」という勢いで転がるように駐車場のほうに駆け戻っていくユウリの姿を見て、小さく呟いた。

4

セント・ラファエロの本校舎にある学長室。

現学長の息子であるアレックスの依頼で、亡くなったサム・ミッチェルの遺品を取りに来ていた彼は、学長が来るまでの間、ここで待たされていたのだが、その前に、事務局に取り次ぎを頼みに寄った際、見知らぬ下級生と一緒に湖畔からあがってきて、そのままヴィクトリア寮に向かって歩いていくユウリの後ろ姿を目にしていた。

このタイミングでユウリがここにいることにひどく興味を覚えていたアシュレイは、当然、このあと、荷物を受け取り次第、彼を捕まえるつもりであったが、どうやらそううまくはいかないらしい。

運がいいようで、悪い。

だがまあ、あのユウリがちょっとでもこの件に関わりを持ったのであれば、あえて追わずとも、自然と戻ってくることになるはずだ。

姿の見えなくなったユウリと入れ替わるように、背後でドアが開き、アレックスの父親であるレント伯爵が入ってくる。

「待たせてしまって、申し訳ない、アシュレイ君」

「いえ」

振り返ったアシュレイは、黒縁眼鏡の奥に傲岸《ごうがん》さを隠し、できるかぎり無難な態度を貫いた。

傍若無人《ぼうじゃくぶじん》が板についたアシュレイであるが、それも時と場合によりけりで、よほどいけ好かない相手か、さもなければ、金輪際会わないとわかっている相手ならともかく、牽制《けんせい》する必要もないような一般人に対し、なりふり構わず高圧的に振る舞って不快にさせて回るほど、趣味は悪くないつもりだ。

レント伯爵が、抱えていた荷物をテーブルの上に置きながら弁明する。

「しかも、不肖の息子がつまらない頼みごとをしたようで、こんな荷物くらい、私が何かのついでに届けるか、宅配便を利用するとか、他に方法はいくらでもあったろうに」

「まあ、お気になさらず。こちらにも、利点のある取引なので」

「取引ねえ……」

その言葉に何を思うのか、レント伯爵が、ソファーに腰かけながら、アシュレイにも座るようにうながす。

「正直、君が、いまだにアレックスと連絡を取り合っているとは思わなかったので、今回のことは少々驚いているんだ」

「そうですか。——でも、時々、思い出したように連絡をくれますよ」

それは、嘘ではない。

アレックスは、定期的に、がんばって連絡をしてくる。ただ、アシュレイが、それを歓迎しているかどうかは、また別の話というだけのことである。

「そうか。それは知らなかった。——息子は、付き合いが広くてね。もちろん、それも悪くはないと思うが、ただ、広い分、浅い。浅すぎてつまらない。私なんかからすると、狭くてもいいから、もっと深みのある人間と付き合えばいいと思うんだが」

「たとえば、ダルトンとか?」

アシュレイが候補になりそうな共通の知人の名前をあげると、レント伯爵は、小さく首を振って嘆いた。

「たしかに、彼は面白味のある人間だが、残念ながら、このところ大学の人間と付き合うのに忙しいようで、ほとんど息子のところに連絡をよこすことはないよ。——まあ、レイモンドなんかのそばにいたら、そりゃ、そっちのほうが、好奇心が刺激されて、他は目に入らなくなるだろう」

ユウリの父親の名前が出たところで、アシュレイが軽く青灰色の瞳を細めた。

この学校の卒業生で、アシュレイより二つ年上のキース・ダルトンは、なかなか食えない男で、関わり合いを持つ際は、アシュレイといえども気をつける必要があった。

それが、この数年は、よりにもよってユウリの父親のそばをうろちょろしているのだから、鬱陶《うっとう》しいことこの上ない。

ちなみに、親しげに「レイモンド」の名前をあげたレント伯爵とユウリの父親であるレイモンド・フォーダムは、学生時代からの付き合いで、その関係があったからこそ、ユウリは、セント・ラファエロに編入することができた。

逆にいえば、もし、それがなければ、ユウリはセント・ラファエロには入学せず、シモンにもアシュレイにも会っていなかっただろう。

「それで」

レント伯爵が、壁の時計をチラッと見あげて問う。

「君は、このあと、息子に会いに行くのかね？」

「いえ」

応じたアシュレイは、重そうな荷物を小脇《こわき》に抱えて立ち上がり、小さく笑って答える。

「彼には他に用事を頼まれていて、会うとしたら、それが終わってからになるでしょう」

もちろん、と心の中で付け足す。

（あの能天気な男に会う必要があればだが——）

昼食に誘われたのを断り、アシュレイはありきたりな別れの挨拶をすると、さっさと学長室を出ていく。

廊下には人けがなく、ただ、少し離れた場所で、床の拭《ふ》き掃除《そうじ》をしている校務員の姿があった。

シュ。

シュッと。

白いモップが規則的に動き、そのたびに床に艶が増す。

階段を降りるためにゆっくりとそちらに向かうアシュレイと、モップを動かす校務員の距離が少しずつ縮まった。

シュ。

シュ。

二人の間で動いているのは、そのモップだけである。

やがて、どちらも何も言わずにすれ違い、校務員の横を通り過ぎたところで、アシュレイがボソッと告げる。

「どうやら、龍はまだ見つかっていないようだな」

すると、それまで規則的に動いていたモップの音が止まると同時に、アシュレイの背後に殺気がみなぎった。

次の瞬間――。

床を磨いていたモップの棒が空を切り、頭上に振り下ろされるのを敏捷《びんしょう》な動きで避《よ》けたアシュレイは、目にも留まらぬ速さで相手の手首を摑《つか》むと、グッと自分のほうに引き寄せた。

作業服の袖口《そでぐち》から伸びた手首の裏。

そこに、楕円形《だえんけい》に三本の短い棒が突き出ている奇妙な印がある。

それを確認したアシュレイが、相手の攻撃をかわしつつ手を放すと、パッと退いた相手は、すぐに次の攻撃体勢を取った。

それに対し、軽く手をあげたアシュレイが、「落ち着け」と告げる。

「俺は、敵ではない。――もっとも、味方というわけでもないが」

アシュレイの言い分を聞きつつも、男は攻撃の姿勢を崩さない。

アシュレイが続ける。

「まあ、邪魔だと言うなら、手を引いてやってもいいが、少なくとも、俺なら、期限までに捜し物を見つけ出し、無事、元の循環に戻してやれるだろう。――そういうことが当たり前のようにできてしまう、稀有《けう》な人間を知っているんでね」

作業服を着た男が、いっさいの隙《すき》を見せずにアシュレイを見返した。

黒髪に黒い瞳。

日鼻立ちのはっきりしないのっぺりとした顔は、明らかに東洋のものであるが、穏やかな顔つきの日本人とは違って、細く鋭い目をしている。

男が、訛《なま》りの強い英語で問う。

「何者だ？」

「むしろ、何者でもない。強いて言うなら、ここの卒業生だが、あんたたちが、こっちの邪魔さえしなければ、明日には、お互い、目的を果たしているだろう」

「目的？」

男が、鋭く問う。

「お前は、我々の目的がなんであるか、知っているというのか？」

「当然」

あっさり応じたアシュレイが、傲岸不遜《ごうがんふそん》な態度の中に好奇心を潜ませて答える。

「噂でしか聞いたことがなかったが、拳龍《かんりゅう》氏の苗裔《びょうえい》を名乗る、あんたら三足の者たちが守っているものといえば、『龍の呪法《じゅほう》』以外にあるまい」

どうやら当たりだったのか、吟味するように黙り込んだ男が、ややあって、「それなら」と若干警戒を解いて訊いた。

「そちらの目的は？」

「目的ねえ……」

軽く首を傾げて考え込んだアシュレイが、「まあ」と続ける。

「退屈しのぎ――とでも言えばいいのか」

「退屈しのぎだと？」

ふざけた答えに、ふたたび色めき立ちかけた相手に向かい、「心配せずとも」とアシュレイは宣言した。

「俺にとっては退屈しのぎだが、この場の混乱を鎮めるために、損得関係なく真剣に秩序を取り戻そうとがんばる奴《やつ》もいて、要は、そいつの邪魔さえしなければ、万事オッケイということだ」

「しかし――」

反論しかけた相手を片手で押《お》し留《とど》め、アシュレイは、「そもそも」と声を低くする。

「人の領域で、あまり勝手な真似をされては困る。その地には、その地の流儀というものがあって、それを蔑《ないがし》ろにすれば、いくら正当な道理であっても通らなくなるぞ。――そのことを、肝に銘じておけ」

警告するだけしてしまうと、アシュレイは男に背を向け、何ごともなかったかのように階段を降りていった。

5

その日の午後遅く。

車をすっ飛ばしてロンドンの自宅まで戻ってきたユウリは、そこで待っていたシモンと久々の再会を果たした。

「シモン！」

車を降りたユウリを、白いニットコートに身を包んで迎えに出てきたシモンが、もの思わしげに迎える。

ただ、こんな時でも高雅さが損なわれないのが、シモンという人間だ。

白く輝く金の髪。

南の海のように澄んだ水色の瞳。

美しく整った顔はギリシャ神話の神々も色褪《いろあ》せるほどで、午後の柔らかな日差しの中で見る姿は、神々しいまでに光り輝いている。

「やあ、ユウリ」

駆け寄るユウリを引き寄せ、頰《ほお》に軽くキスしたシモンが、身体を離して申し訳なさそうに詫《わ》びた。

「本当に悪かったね。こんな無茶をさせて」

「そんなのは、ぜんぜんいいんだ」

「よくないよ。まさか、君が車で行っているとは思っていなかったから、エヴァンズに聞いて、ずっとやきもきしていたんだよ。——いくらアンリのことで気が動転していたとはいえ、あんなふうに慌てさせて、途中、事故でも起こしたらどうしようと気が気ではなかった」

「大丈夫。車の運転って、案外、性に合っているみたいで」

たしかに、セント・ラファエロでの滞在時間は短く、ほとんど飲まず食わずで、正味六時間の運転をしてきた人間とは思えないほど、ユウリは元気だった。もちろん、まだ若いということもあるが、ここ数年の凄まじい体験の中で、知らぬ間に、根性だけでなく体力もついたのだろう。

「それより」

ユウリは、気になっていることを訊く。

「アンリは、やっぱりいない?」

「そうだね」

表情を翳《かげ》らせたシモンは、ユウリの肩を抱いて室内に入りながら状況を説明する。

「まだ見つかってはいないけど、一つだけ安心したのは、君の帰りを待っている間に、エヴァンズに頼んで、この家の防犯カメラの映像を見させてもらったら、どこにも不審者は映っていなかったんだ」

「それなら、現実的な意味での誘拐とかではないんだね？」

「うん《ウィ》」

母国語で短く応じたシモンが「ただ」と続ける。

「それとは別に、映像にはかなり気になるものが映っていた」

「気になるもの？」

現場となっている部屋に行くため、階段をあがりながらユウリが訊き返す。

「って、何？」

「それが、君が出かけて一時間くらい経《た》った頃に、それまで特に突風なんか吹いていなかったにもかかわらず、君の部屋の窓がふいに開くんだ」

「え？」

驚いたユウリが、「それって」と続ける。

「アンリが開けたわけではなく？」

「アンリの姿は、映っていない。しかも、それだけでなく、そのあとしばらくして、今度は、君の部屋からつむじ風のようなものが吹き出す場面があった。——一瞬のことで、よく見ないとわからないんだけど、たしかに、風が吹き出したんだ」

「……風が吹き出した」

なんともおかしな表現だが、その状況に、ユウリは心当たりがなくもない。

(でも、まさか)

半信半疑のままシモンと一緒に部屋に辿《たど》り着《つ》いたユウリは、室内を覗いたところで、その場に、あることを確信する決定的な証拠を見つけてしまう。

部屋の中は、ふだんの状態から考えると、かなり荒れていた。本が落ちていたり、ものが床にばらまかれていたり——。

もっとも、一般男子の部屋というのは、これよりもっと汚かったりするし、ひどいところでは、ものが散乱して足の踏み場もないほどだったりすることを思えば、むしろ、この部屋はきれいなほうである。

それでも、ユウリとシモンは、この状態を異状とみなした。

ふだんのユウリの部屋がどんなふうであるかをよく知っているシモンが、言う。

「やっぱり、君も変だと思うだろう?」

「うん、変だね」

答えながら床から壁や天井に視線を移したユウリに対し、シモンがユウリの視線の先を指さして続けた。

「何より変なのが、見てのとおり、壁や天井にうっすらと靴跡のようなものがついていることなんだ。――君との電話を終えたあとで気づいたのだけど、これって、明らかに異常じゃないかい？」

「たしかに」

靴跡というのは、ふつう床に残るものであり、壁や天井には残らない。

仮に残せたとしても、壁の下方につけられるのがせいぜいで、まして、天井などはありえなかった。つまり、この靴跡を残した人物――人とは限らないが――は、重力の存在を無視し、さかさまに天井を移動したことになる。

認めたユウリが、「ただ」とシモンに視線を移して言う。

「これのおかげで、アンリに何が起きたか、わかった気がする」

「そうだね」

頷いたシモンが、続ける。

「実は、僕もなんだ」

「シモンも？」

「うん。――まあ、それもこれも、君との付き合いが長いせいだろうけど、このありうべからざる靴跡は、おそらく妖精が残したもので、運悪く、たまたまこの部屋にいたアンリは、君と間違われて、妖精界に連れ去られたのではないかと」

それは、理知的で現実に根差して生きるシモンの言葉とはとても思えなかったが、ユウリは当たり前のように頷き、その推測を肯定した。

「それが、妥当だろうね。──ただ」

そこで、困ったように溜め息をついたユウリが、「そうなると」と続ける。

「今、僕は妖精界と接触する手段を断たれてしまっているから、早急にアンリを連れ戻したくても、その方法がわからないってことなんだ」

「断たれた……？」

その言葉に水色の瞳を軽く見開いたシモンが、意外そうに訊き返す。

「君が？」

「うん」

「妖精たちとの接触を断たれているって？」

「そうなんだよ」

「本当に？」

「本当に」

確認がくどくなってしまうのは、ユウリほど、妖精や精霊に愛されている人間は他にいないことを知っているシモンにとって、それはにわかには信じがたい話だったからだ。それに、正直、アンリがいなくなったという異常事態に対し、シモンが特に他に手を打つでもなくこの場に留まっていたのは、相手が妖精なら、やはり、ユウリを介するしかないと考えていたこともあった。

それが、まさか、こんな話になるとは――。

「でも、どうしてそんなことに？」

「う～ん。理由は、僕にもわからない。――というより、それがわかれば、すべてが解決するような気がするし」

「すべて？」

「そう。アンリのこともそうだし、他にもセント・ラファエロで起きているという現象を含めた、すべて」

当然、何も聞かされていないシモンは、そこで腕を組み、若干責めるような口調で問《と》い質《ただ》した。

「それは、いったいどういうことかな、ユウリ。きちんと説明してほしい」

6

「なるほどねえ」

　ソファーの肘《ひじ》かけにもたれてユウリの話を聞いていたシモンが、おおかた聞き終わったところで、なんとも言いがたそうに相槌《あいづち》を打つ。

　シモンの与り知らぬところで、またぞろ、そんな妖しげなことに関わろうとしていたこともそうだし、その話を持ってきたのが、アシュレイなどではなく、もっとも害のなさそうなシリトーであったことも引っかかっているが、それより何より、やはり、こんなことが起こっているのに、すべて内緒にしようとしていたユウリにも、シモンとしては文句を言いたかった。

　それでも、それらすべてを呑《の》み込《こ》んで、彼は言う。

「そうなると、たしかに、打つ手を考える必要があるわけか」

「うん、そうなんだけど……」

　そこで、ユウリが言葉を濁すと、チラッと澄んだ水色の瞳を向けたシモンが、「もしかして、ユウリ」と鋭く突っ込んだ。

「君、アシュレイを頼ろうとしていないかい？」

「――えっと」

図星を指されたユウリが、窺《うかが》うようにシモンを見る。

「実は、ちょっとその可能性を考えてはいる。だって、ほら、なんといっても、妖精との接触の仕方とか、その手のことについては、知ってのとおり、アシュレイは誰よりも詳しいから……」

力なく言ったあとに、小さく付け足す。

「それって、やっぱりまずいかな？」

「まあ、当然、賛成はしかねるよ」

即答されるが、ユウリはなおも言い募る。

「でも、たぶん、それがいちばん手っ取り早い。――もちろん、協力してもらえれば、の話だし、そもそも、アシュレイがイギリスにいるとは限らないわけだけど」

「いるはずだよ」

アシュレイの動向には常に気を配っているシモンが、あっさり答えた。

「ちょっと前に帰国したと報告があった」

「……へえ」

意外だったユウリが、「それなら、とりあえず」と提案する。

「連絡するだけはしてみようよ。――うまくすれば、電話ですむかもしれないし」

それだけは絶対にないと、シモンは断言できた。

あのアシュレイが、ユウリが絡んだこの手の話を見過ごすはずはない。

それどころか、タイミングから見て、帰国したのだって、この動きを察知してのことである可能性も否定できないくらいだ。

ただ、シモンは、珍しく迷っている。

なにせ、ことはアンリの安否に関わるわけで、シモンとしても、使えるものなら、アシュレイでも使おうという気になっていた。

「そうだね。今回は、こうして僕もそばにいるわけで、あの人の好きにさせるつもりはないから」

「よかった」

シモンの承諾を得て、ユウリは、部屋に置きっぱなしにしてあったスマートフォンを取り上げる。

それは、孤高の人であるアシュレイが、彼の都合でユウリに持たせているもので、アドレスにはアシュレイの直通番号しか登録されていない。つまり、持っているのはユウリだが、所有しているのはアシュレイということになり、各種登録や支払いはすべてアシュレイがしているものだった。

当然、遠隔操作も可能で、その気になれば、アシュレイは、ユウリの日々の動向を、ボタン一つですべて知ることができるのだ。

もっとも、失くすのが嫌で、ユウリは、ほとんど部屋から持ち出さないため、あまり意味をなしていない。それは、アシュレイの数いる信奉者からすれば、まさに宝の持ち腐れであった。

シモンの見ている前で電話をかけたユウリは、ドキドキしながら待つ。

待つ。

さらに、待つ。

そうして、しばらく待ってもコール音が途絶えることはなく、アシュレイが電話に出ることはなかった。

「――出ない？」

様子を窺っていたシモンに訊かれ、ユウリは頷いて電話を切った。

「出ない」

「それは、珍しいこともあるものだね」

「そうでもないよ。アシュレイは、自分の時間を邪魔されるのが大嫌いだから、本人がその気にならない限り、連絡は取れない」

「でも、君は別格だろう」

シモンが、決めつける。

今までのことを考えたら、そう言わざるをえないのだが、ユウリ自身は、あくまでも否定的だ。

謙虚なのか。

単に、危機感が薄いだけか。

アシュレイに特別扱いされるというのは、案外、どんな人間も得意にさせるくらい価値のある稀有なことであったが、「謙遜《けんそん》」という言葉が身に馴染《なじ》んでいるユウリは、ここでも過信をする様子はなかった。

「さあ、どうかな」

てらいなく応じたユウリが、三度目のコール音を鳴らしているスマートフォンを振りながら「実際」と続ける。

「こうして、何度かけても出てくれないし」

「そのようだね」

本当にこんなこともあるのだと意外に思いつつ、今の場合は、ぜひとも出てほしかったとシモンは心底思う。

「まったくねえ。どうでもいい時には、嫌になるくらいしゃしゃり出てくるくせに、こんな時に限って当てにならないとは、なんともあの人らしい」

どう転んでも、人を苛《いら》つかせる。

それが、アシュレイという人間だ。

結局、その後も何度か試みたが、連絡はつかず、諦《あきら》めたユウリは、翌日、今度は、週末の予定を調整し直したシモンと二人でセント・ラファエロを訪問することにして、早めに寝ることにした。

7

揺れる水面《みなも》のそばに、淡い輝きを発する乳白色の玉座があった。

小さく打ち寄せる波が、玉座の脚下を濡らす。

全体的に白く柔らかい光に包まれ、ものみなすべてが清らかさで溢《あふ》れている空間に、その時、ゆっくりと大きな波が立ち、やがて、ザバザバと水を切って、何かが玉座にあがってきた。

きらきらと。

裾《すそ》の長いドレスを身にまとった、光り輝く女性だ。

目の覚めるような水色のドレスの表面では、水滴までもがダイヤモンドのようなきらびやかな輝きを帯びている。

彼女の動きに合わせ、月の光のような青白い髪がドレスの上で揺れた。

美しさと威厳と無限を合わせ持った人ならざる存在――。

滑らかな白い足で玉座までの階段をのぼる彼女に対し、静謐《せいひつ》さを破り、その空間にパタパタと走り込んできた小さな妖精が慌てふためいて告げた。

「奥方様。――モルガーナ様」

「なんだ、騒々しい」

「大変でございます」

「そうか。それは、大変そうだな。——それで、『月の王《メネラウス》』殿はまだ来ぬか？」

「いえ、大変というのは、まさにそのことなんでございます」

近くにかしずいた小さな妖精が、ほとほと困った様子で申し開きをする。

「ただいま、地上より戻りました者が申しますに、なにやら、我らが王を迎えに行った先で手違いがあったと」

「——手違い？」

玉座についたモルガーナが、美しい顔《かんばせ》を歪《ゆが》め、報告している小さな妖精を見つめる。

「手違いとは、どういうことか。迎えに行ったのは、王にとっては古馴染みのロビンであろう？」

「いえ」

さっと顔色を変えた小さな妖精が、「実は」と白状する。

「妖精王第一の従者であるロビン・グッドフェロウ殿は、現在、その王の使いで東方に参っておりまして、しかたなく、代わりに俊足で有名なピンチを、『月の王《メネラウス》』殿のところにやりましたしだいで」

「……ピンチだと？」

のことが起こりまして」


「はい」

「よりにもよって、あの『早とちり』のピンチを、『月の王《メネラウス》』殿への使者に立てたのか？」

「さようでございます、奥方様。そうしたら、まさに、今、奥方様がおっしゃったとおりのことが起こりまして」

冷や汗をかきながらの報告に、モルガーナが額を押さえて確認する。

「つまり、例によって例のごとく、早とちりで違う人間を連れてきたと？」

「──はい」

認めた小さな妖精が、投げやりに問い返す。

「それで、奥方様にお伺いしたいのですが、このような場合、このただの人間をいかようにすればよろしいのでしょう。帰すにいたしましても、ただ、『さようなら』と放り出すわけにも参りませんよね？」

「当たり前であろう。『月の王《メネラウス》』殿と違って、結界を踏み越える力のない人間は、閉ざした道が通じるまで、こちらにいてもらうしかない。無理に踏み越えようとすれば、それは、すなわち死を意味するからな。そして、知ってのとおり、天界の許可なく地上の人間に死をもたらせば、我ら『祝福された一族《シーリー・コート》』であっても、ただではすまされまい」

「ひええ」

震えあがった小さな妖精を見おろし、「それにしても」と続ける。

「すでに扉を閉ざしてしまったからには、もうこちらからは『月の王《メネラウス》』殿に連絡を取ることはできぬゆえ、この状況を、あちらに知らせることもかなわぬ。もちろん、打開策の検討もできぬわけで、まさに八方塞《はっぽうふさ》がりだ」

「そんな、モルガーナ様〜」

絶望的な見通しを聞かされ、泣き出しそうになりながら、小さな妖精がすがるように気高き「湖の貴婦人《ダームデュラック》」を見あげる。

「それなら、私たちは、いったいこれからどうすればいいのでしょう？」

それに対し、小さく首をすくめたモルガーナは、淡々と答えた。

「何もできぬ」

「何も、でございますか？」

「そう」

「ただ、このまま？」

「そうだ。我らが『月の王《メネラウス》』殿のことを信じ、待つしかあるまい」

そう断言したモルガーナは、月の表のように白く輝く水面に視線をやり、その向こうに見えている青き地球に想《おも》いを馳《は》せつつ、「まあ」と続けた。

「『月の王《メネラウス》』殿であれば、きっと、こちらからの導きがなくても、あの場に生じている混乱の原因を見つけ出し、無事、秩序を与えてくれようぞ」

「……はあ」

小さな妖精は、よくわからないまま、それでも自分たちが崇拝する「湖の貴婦人《ダームデュラック》」の言葉を受け入れ「そうでございますね」と自分自身に言い聞かせる。

「信じて、待ちましょう」

その後、小さな妖精をさがらせたモルガーナは、一人になったところで、玉座の肘かけにもたれかかり、気だるげな表情で「それにしても」と呟いた。

「なんとも傍迷惑《はためいわく》なことよ。あの東方からの珍客のおかげで、天の摂理に大きくひびが入ってしまったようだ。――なんとしても、食い止めるのだぞ、ユウリ」

第四章　龍の眠る石

1

翌日。

朝から車を駆り、シモンと二人でセント・ラファエロを再訪したユウリが事務局で入館の手続きをしていると、奥から出てきた女性が、シモンに対し声をかけた。

「ベルジュ。学長が挨拶《あいさつ》をしたいそうで、お時間があったら、本校舎に寄ってほしいとのことですが」

「――わかりました」

チラッとユウリに視線をやってから答えたシモンに対し、手続きを終えて外に出たところで、ユウリが気をまわして告げた。

「本校舎に寄るなら、僕は、先にヴィクトリア寮《ハウス》に行っているよ。寮長のブルンナーが待っているそうだから」

「わかった。――気を遣わせて悪いね、ユウリ」

「ぜんぜん」

わざわざ休みの日に学長が出てきて挨拶したいというのは、シモンがここの卒業生だからというわけではない。それなら、ユウリだって同じだが、あえてシモンに声がかかったのは、現在も、ベルジュ家がこの学校に多額の寄付をしているためだ。

つまり、用があるのは、シモン個人ではなく、ベルジュ家の名代としてのシモンということになる。

付き合いが長くなり、そのあたりの事情も敏感に察するようになったユウリは、本館の前でシモンと別れ、一人、ヴィクトリア寮へと向かった。

日曜日である今日、生徒たちは思い思いに過ごしていて、散歩している生徒の姿もちらほら見られる。

そのほとんどが私服で、寛《くつろ》いだ様子だ。

ユウリとシモンも、在学中に、よく散歩をした。

のどかな景色を懐かしみながら歩いていたユウリは、その時、ふと人の争う声を聞いたように思って、立ちどまる。

キョロキョロとあたりを見まわすが、喧嘩《けんか》をしている生徒はいない。

（……気のせい？）

そう思って歩き出そうとした時、ふたたび、その声がした。しかも、風に乗り、前よりはっきりと聞こえた。

「――放せよ、知らないって言っているだろう！　放せって！」

どうやら、湖のほうから聞こえてくるらしい。

ユウリは、方向転換し、湖へと続く道を駆けおりていく。

すると、湖畔の雑木林で、三人の人間が争っている姿が見えた。

そのうちの一人は、ひょろりとしていて、まだ子供だ。制服姿ではないが、おそらくこの生徒だろう。

その少年を二人の男が捕まえ、脅しつけているようである。

明らかに西洋人とわかる大柄な大人二人のほうはまったく知らない顔であるが、少年には、見覚えがあった。

駆け寄りながら、ユウリは大声をあげる。

「オースチン！」

絡まれているのは、ヴィクトリア寮のピーター・オースチンで、彼は必死で逃げようとしているが、大人二人の力にはまったく敵《かな》わずにいた。

口元には殴られたような痣《あざ》があり、かなり荒っぽい連中であると知れる。

た。

果敢《かかん》に輪の中に飛び込んでいったユウリに対し、オースチンがすがるような目を向けた。

「オースチン、大丈夫⁉」

「フォーダム！」

「なんだ、お前！」

「フォーダム、気をつけて！」

その言葉どおり、闖入者《ちんにゅうしゃ》に驚いた男たちが、懐からナイフを取り出して、オースチンとユウリ、それぞれに切っ先を向ける。

「それ以上、近づくな！」

「オースチン！」

「フォーダム！」

「近づくなって言ってんだろう！」

「そうだ。用がすんだら、解放してやる」

「怪我《けが》をしたくなかったら、そこでおとなしくしていろ！」

そう言われても、この状況なら、おとなしくしていても、きっとひどいことになるだろう。

近づいたユウリが、手で相手を牽制《けんせい》しつつ、毅然《きぜん》と告げた。

「とにかく、オースチンを放してください。話はそれから」

「うるさい。部外者はすっこんでいろ！」

一人がユウリを追いやろうとする一方で、オースチンを捕まえている男が、彼の頰《ほお》にナイフの先をつけて脅す。

「早く、アレを出せ。お前が持っているのは、わかっているんだ！」

「そう言われても、本当に、今、ないんだ」

頰に触っているナイフを恐々《こわごわ》見つめながら、オースチンが必死で訴える。

「だから、出せない！」

「嘘《うそ》をつくな。ＳＮＳに写真まで載せておいて、持っていないなんて通じるか」

どうやら、男たちが要求しているのは、オースチンも捜していた「羊脂玉《ようしぎょく》」であるらしい。

行方不明中の鉱石。

「あの時はあったけど——」

震えながら言い募るオースチンの頰に、容赦なくナイフの切っ先を押し込んだ男が、物騒な声で言い返した。

「つまらない言い訳をするなよ。——なあ、痛い目を見ないと、わからないか？」

「やだ、やめて！」

ナイフの食い込んだオースチンの頬から、うっすらと血が浮き上がる。

「オースチン！」

ユウリがどうしていいかわからずに迷っていると、こちらにナイフの先を向けていた男が、ふいにユウリの腕をつかんで引き寄せ、喉《のど》にナイフを当てて告げた。

「おい、お前。とっとと白状しないと、まずは、こいつの喉を掻《か》っ切《き》るぞ」

本気だ。

この男は、本気でユウリを傷つけようとしている。

それほどまでに欲している「羊脂玉」とは、なんなのか。どうやら、ただの「羊脂玉」ではないようだ。

眼鏡《めがね》の奥で恐怖に目を見開いたオースチンが、懇願する。

「お願いだから、やめて。フォーダムは関係ないし、本当に失《な》くなったんだ。僕も捜していて、見つかったら、すぐにでもやるから」

すると、片眉《かたまゆ》をあげた男が、「なら」と応じる。

「とっとと捜し出せ。それまでは、こいつの身柄は預かっておく」

無謀にも、ユウリをこのまま拉致《らち》し、脅しの材料とする気になったようだ。

そんなことはさせまいと思ったユウリが、大怪我するのを覚悟のうえで、反撃を試みようとした時である。

「──だから」

やけに不機嫌そうな声が、彼らの間に割って入った。

「昨日から、何をちょこまかやっているんだ、お前は──」

次の瞬間。

ユウリは、宙に投げ出されるようにして地面の上を転がった。

えらく乱暴ではあったが、突然の解放感だ。

いったい何が起きたのか。

ユウリが慌《あわ》てて反転して見れば、それまでユウリを捕まえていた男が地面に座り込み、

「ひいひい」とうめきながら、あらぬほうに曲がった腕を肩のところで押さえていた。

そのそばには、男が手にしていたナイフが落ちている。

さらに、オースチンのほうを見ると、彼を押さえつけていた男が、同じように腕をあらぬほうにひねりあげられた状態で膝《ひざ》をつき、目を白黒させながら脂汗をだらだらと流していた。

自由になったオースチンが、ブルブルと震えながら隣に立ち尽くしている。

新たにその場に現れ、目にも留まらぬ速さで一人を倒し、もう一人の男を制圧するという神技をやってのけたのは──。

「アシュレイ⁉」

ユウリは、驚いて、その名前を呼ぶ。

なぜ、アシュレイがここにいるのか。

いったい、どうしたら、こんな絶妙なタイミングで現れることができたのか。

相変わらず神出鬼没で謎《なぞ》めいているが、とにかく、おかげで助かった。

アシュレイは、ユウリが見ている前で、押さえつけている男の腕をさらに大きくねじ曲げた。

折る気満々であるのは、その表情でわかる。

「——いや、アシュレイ」

敵方のことでありながら、とっさに同情し、やめてくれと願うように名前を呼ぶが、もちろん、聞く耳など持つ相手ではない。

力を緩めないまま、アシュレイが男の耳元で告げる。

「いいか。戻ったら、依頼主に伝えろ。サム・ミッチェルが死んだ時点で、あんたらのゲームは終わったんだ。これ以上欲を出すと、天罰がくだるぞ。——言っておくが、『龍の呪法《じゅほう》』の守護者は、あんたらを闇《やみ》から闇に葬り去ることなど訳ない」

それが嘘ではないことを教えるかのように、アシュレイの手の下で男の骨がボキッと鳴った。

ついに折ったのだ。

涼しい顔で、なんの躊躇《ちゅうちょ》もなく――。

絶叫し、苦痛にうめく男に向かい、アシュレイは非情な声で「とっとと逃げないと」と警告した。

「すぐに人が来て、警察に捕まることになるぞ」

実際、道の上のほうでバタバタと足音がして、すぐにシモンの声と、それに続くブルンナーの声がした。

「ユウリ！」

「どこにいるんです、フォーダム⁉」

「――シモン、こっち」

答えたユウリがオースチンに近寄っていくうちにも、怪我を負った男たちが慌てふためいて逃げ出す。

「もう大丈夫《だいじょうぶ》だから、オースチン」

言いながら、ハンカチで頰の血を拭《ふ》き取《と》ってやる。

と、男たちと入れ替わるように姿を見せたシモンが、「ユウリ！」と呼んで走り寄る。

「ユウリ、大丈夫……か……い……」

その声が途中から不審そうなものに変わったのは、逃げていく男たちの後ろ姿と、その場に当たり前のように立っているアシュレイの姿を目にしたからだ。

おまけに、誰の落とし物であるのか、下草の上に大きなナイフまで転がっている。

ユウリのそばに歩み寄りながら、チラリと足下に視線をやったシモンが、苦々しそうな表情になる。ほんの十分くらい一緒にいなかっただけで、なぜ、こんなにも物騒なことになっているのか。

一緒に来たブルンナーも、とっさに状況を把握しかね、シモンの後ろで足を止めて戸惑い気味に呟《つぶや》いた。

「──コリン・アシュレイ？」

シモンとは違う意味で、やはり伝説となっているアシュレイが、チラッとブルンナーに視線をやる。

そんな中、シモンが、改めてユウリに問いかけた。

「ユウリ、怪我は？」

「僕はないよ。──でも、オースチンが」

ユウリの横からオースチンの怪我の具合を確認したシモンが、突っ立ったままのブルンナーを指先一つで呼びつけ、指示を出す。

「たいしたことはなさそうだけど、念のため、彼を医務室に」

「わかりました」

答えつつ、ブルンナーがユウリに迷うような視線を流したので、ユウリが頷《うなず》いて応じた。

「こっちは大丈夫だから、オースチンを頼んだよ」

「――はい」

ブルンナーにとっては、ユウリこそが絶対の存在だ。

ブルンナーがオースチンを連れて立ち去ったところで、「さて」と言ってアシュレイに視線を移したシモンが、まずは短く挨拶した。正直、この手の場面に出くわすのには慣れ始めていて、驚きからの回復も早い。

「どうも、アシュレイ」

挨拶返しなど期待していないシモンは、続けて問う。

「まずはお礼を言ったほうがいいのでしょうか?」

ユウリを暴漢の手から救ってくれたことに触れると、アシュレイは、ひどくつまらなそうに「別に」と応じる。

「自分のものを取り返したまでだ。お前に礼を言われる筋合いはない」

シモンが、水色の瞳《ひとみ》を疎ましそうに細めた。ユウリを所有物扱いすることにも慣れ始めているとはいえ、決して気分のいいものではない。

だが、シモンのことなど眼中にないアシュレイが、ユウリに視線を移して問いかける。

「――で、ユウリ」

「はい？」

「『はい？』じゃなく」

「そう言われても……」

本当にアシュレイの意図を摑《つか》めないでいるユウリが、訊《き》き返《かえ》す。

「『で？』というのは、なんですか、アシュレイ」

「だ～か～ら」

スマートフォンを取り出しながらユウリに近づいたアシュレイが、ずらりと並んだ着信履歴を見せつけながら続ける。

「俺に用があって、ストーカーのごとく何度も電話してきたんじゃないのか？」

「あ」

シモンと顔を見合わせたユウリが、慌てて頷いた。

「そうです。そうでした。すっかり忘れてた」

そんなユウリの横で、シモンが指摘する。

「つまり、電話に気づいていながら、無視し続けていたわけですね？」

「悪いか？　わざわざ出なくても、ここで会うことはわかっていたからな。――ついでに言わせてもらうと、お前はついてこなくてよかったんだが、相変わらず金魚のフンのように、こいつにくっついて回っているようだな、ベルジュ。――ある意味、感心するよ」

「そちらこそ」

そこで、数秒間睨《にら》みあったあと、アシュレイが「で？」と最初の質問に戻って訊く。

「ユウリ、何が知りたいって？」

「それは、妖精《ようせい》を呼び出す方法を教えてもらいたくて――」

とたん、つまらないことを聞いたかのように片眉をあげたアシュレイが、腕を広げて湖を示し、「妖精なら」と言う。

「お前が呼べば、うじゃうじゃ出てくるだろう」

だが、首を振ったユウリが、「いいえ」と答えた。

「出てきません。出てこないから、別の方法を教えてほしいんです」

「――どういうことだ？」

初めて興味を惹《ひ》かれたらしいアシュレイに対し、「ですから」と、ユウリが、今わかっている一つの事実を伝える。

「残念ながら、この湖は、現在、空っぽなんです。妖精は、こぞってどこかに行ってしまった。――その原因が知りたくて、アシュレイに電話しました」

2

「なるほど」

コーヒーの入った紙コップを揺らしながら、アシュレイがおもしろそうに頷いた。

あのあと、ゆっくり話せる場所を求め、彼らは、ヴィクトリア寮新館最上階にあるシリトーの部屋へと移動していた。

もちろん、シリトーの許可は取ってある。

かつてシモンも使っていた筆頭代表の部屋は、豪華なソファーセットも置いてあり、なかなか使い勝手がいい。

そこに陣取り、カフェテリアで買ってきたお昼を食べながら、彼らはひとまず状況の整理から始めたところだ。

ユウリの話を聞き終わったアシュレイが、「つまり」とまとめる。

「お前は、道化者のアーチボルト・シリトーの依頼で超常現象の調査に来てみたはいいが、そこで湖から妖精が消えているのに驚いて、慌てて俺に電話をしてきたと」

「そうですね」

説明の際、アンリが何者かに連れ去られてしまったことは省略したが、それは、こちらの問題が片づけばおのずと解決すると踏んでのことだ。なんといっても、シモンに不利になるような情報をアシュレイに渡すのは、極力避けたい。

認めたユウリに対し、「ということは」とアシュレイが、その状況を別の表現で言い替えた。

「今のところ、お前は、ただの役立たずだというわけだな」

「……役立たず」

ずいぶんな言われようだが、考えてみれば、たしかに昨日から今日にかけてユウリがやったことといえば、正味九時間に及ぶドライブと昔を懐かしむことくらいで、誰の役にも立っていない。

存在価値を否定されたユウリに代わり、「は」と呆《あき》れたシモンが言い返す。

「そういう貴方《あなた》こそ、なぜ、ここにいるんです。それこそ、誰かの役に立っているとでもいうつもりですか？」

「当然」

嫌味を跳ね返す傲岸《ごうがん》さで、アシュレイは続けた。

「俺は、アレックス・レントの依頼でここにいる」

「――アレックス？」

「アレックス・レント」

同時に言ったユウリとシモンが、意外そうに顔を見合わせた。

たしかに、意表をつかれたとはいえ、アレックスが、かなり世間一般とはズレた独自の観点でアシュレイを評価し、連絡を取り続けているのは知っていて、すぐに顔を戻したシモンが、問いかける。

「依頼というのは、どんな？」

だが、アシュレイは、その質問には答えず、「その前に」と人差し指をあげて言う。

「一つ訊くが、ユウリ、お前はさっき、『湖が空っぽ』だと言っていたが、それは、あの場には、妖精に代わるようなものも存在していないってことか？」

「はい」

「龍も？」

「——はい？」

頷きかけたユウリは、ギリギリのところで疑問形に変えた。

「龍……ですか？」

「そうだ、龍」

唐突にあげられた喩《たと》えに、ユウリが少し考えてから答える。

「龍もいなかったと思います。そんなに大きなものがいれば、もっと何か圧迫感のようなものがあったと思うので」

ユウリとしては、至極当たり前のことを言ったつもりであったが、その常識は、ずば抜けた頭脳を持つ男に簡単に覆される。

「言っておくが、龍だから大きいとは限らない」

「え、小さい龍っているんですか?」

「さあねえ」

空になった紙コップを片手で潰《つぶ》したアシュレイが、「俺は」と続けた。

「大きい小さいに限らず、生まれてこの方、龍を見たことがないから、なんとも言えない。言い換えると、絶対に大きいと断言もできないってことだ」

「……なるほど」

盲点だった。

たしかに、誰も本物の龍を見たことがないのであれば、その大きさだってわかるわけがない。単に大きいものだと思い込んでいるだけで、実際は、手のひらサイズである可能性もある。

だが、そこでふと思いつき、ユウリが「あ、でも」と続けた。

「映像に映っている龍は、大きかったです」

「映像って、ヒースロー空港のか?」

「はい」

「なるほど」

納得したアシュレイが、「それなら、もう一つ」と違う質問をした。

「『羊脂玉』についてだが、あのオースチンという生徒は、どこで失くしたか、本当にわかっていないのか？」

先ほど、彼らが揉《も》めている最中の話を聞いていたのだろう。

「そうみたいですよ」

ユウリが答える。

「僕が昨日会った時には、もう捜していたので」

「へえ」

底光りする青灰色の瞳を光らせたアシュレイを見て、シモンが「つまり」と切り込む。

「貴方の目的――アレックスの目的なのかもしれませんが、それは、ヒースロー空港で目撃された龍か、でなければ、その『羊脂玉』にあるわけですね？」

的確な指摘をしてくるシモンを見やり、アシュレイが、「あるいは」と付け足した。

「その両方か――だな」

「お得意の一挙両得というわけですか」

「いや」

「違うんですか？」

欲張りなことを言っておきながらそうではないという、その矛盾《むじゅん》を、アシュレイはあっさり解きほぐす。

「固定観念は捨てるんだな。両方だから二つとは限らないだろう」

「どういう意味です?」

まるでなぞなぞでも出された気分で訊き返したシモンに、アシュレイが「だから」と言い換える。

「二つを個々で考えず、二つで一つと考えろってことだ」

「……二つで一つ」

水色の瞳を伏せて考え込んだシモンが、ややあって言う。

「そうか。龍の出現には、オースチンの『羊脂玉』が関係している?」

「――え?」

ユウリが驚いてシモンを見て、それからアシュレイのほうを向いて確認する。

「それ、本当ですか?」

「疑う理由でもあるのか?」

逆に問い返され、ユウリが「いえ」と首を横に振った。

「ありませんけど」

「なら、そうなんだろう。――根拠がなくても、龍の目撃情報や異常気象のあった時間や場所を時系列で整理すれば、一目瞭然《いちもくりょうぜん》だ。あの龍は、中国からはるばる、オースチンのところに送られてきた『羊脂玉』を追ってきた」

ユウリとシモンが、再び顔を見合わせる。

なんだか、話が壮大だ。

妖精云々《うんぬん》だけでは済みそうにない。

だが、あの龍が、極めて東洋の龍に特徴が合致していることを考えると、中国から来たというのは納得できた。そして、東洋からの珍客に対し、扱いに窮した妖精界が、ひとまずその場を退いて通路を閉ざしたとするなら、いちおう筋は通る。

「え、それなら」

ユウリが訊く。

「そもそものこととして、あの『羊脂玉』は、いったいなんなんですか？」

たまたま龍が取り憑《と》いていたのか。

それとも、「羊脂玉」自体に、そういう性質があるのか。

アシュレイが、「『羊脂玉』は」と答える。

「翡翠《ジェード》の一種だが、それはこの際どうでもいい。あの鉱石に意味があるのは、それが『羊脂玉』だからではなく、『瓏《ろう》』と呼ばれる古代中国の宝玉だからだ」

「……ろう？」

短い単語を心許《こころもと》なく呟いたユウリに、アシュレイが例をあげて言い直す。

「龍の王と書いて、『瓏』だ。玲瓏《れいろう》の瓏」

「ああ、玲瓏の瓏ね」

熟語にされるとわかりやすい。ただ、フランス人のシモンに通じたかどうかは、はなはだ怪しく、実際、シモンはスマートフォンを取り出して確認していた。

その間にも、アシュレイが「『瓏』というのは」と説明する。

「龍文を加えた玉で、雨乞《あまご》いするための祭具《さいぐ》だ。現代風に言い換えると、天候操作を可能とする魔法のアイテムとなり、『国語・楚語』には、楚の六宝に水旱《すいかん》に祈る玉があったと書かれている」

「天候操作……」

信じられないというように呟いたシモンを見やり、アシュレイが皮肉《シニカル》げな笑みを浮かべて「お前なら」と言う。

「わかるはずだな、ベルジュ。どんな事業に携《たずさ》わるにしろ、天候を予測することが、いかに大事か」

「そうですね」

「それが、予測どころか、支配できるようになったら、それは、この世を手中にしたのも同然だ」

「たしかに」

一見、ただの夢物語のようだが、実際は、ベルジュ家が関わる事業のほとんどに関係する極めて現実的な問題だ。事業家の多くは、より正確な天気予報のために、巨額の費用を投じて技術の向上に尽くす。まして、それが、たった一つの小さな石で操作できるようになるのであれば、誰もが、どんな手段を講じてでも手に入れたいと思うだろう。

シモンが感慨深げに考え込んでいるうちにも、アシュレイが先を続けた。

「『瓏』の中でも、オースチンが持っているのは、『龍尸《りゅうし》』と呼ばれる宝玉だ」

「『りゅうし』？」

「いわゆる『銘』だな。他《ほか》に有名なところでは『龍輔《りょうほ》』という玉名が知られているが、今回問題になっているのは、『龍』に『尸《しかばね》』と書いて『龍尸』だ」

宙に指で漢字を書きながら教えたアシュレイが、「英語で言うなら」と言い替えた。

「『ザ・ソウル・オブ・ドラゴン』ってところか」

アシュレイの指の動きを追って自分でも手のひらに書いていたユウリが、そこで「え？」と声をあげてアシュレイを見る。

「『尸』なら、『ザ・ボディ』でなく？」

「たしかに、『しかばね』という字義だけ考えると『ザ・ボディ』となるが、この『尸』という文字には、『かたしろ』や『つかさどる』といった意味もあって、ひいては祖霊を祀《まつ》る祭司、つまりは、子孫の存在までも読み取ることができる。そこから、魂が連綿と繋《つな》がることをイメージした結果、俺は、抜け殻としての『ザ・ボディ』より、『ザ・ソウル』を選びたくなるということだ」

「なるほど」

少々脱線した部分で納得しているユウリを横目に見て、シモンが「だけど、なぜ」と問う。

「オースチンは、そんな石を手に入れることになったのでしょう。彼は、中国に出張に行っていた父親が送ってくれたと言っているそうなので、あるいは、彼の父親が、何かよからぬことに関係していたとか」

「それはないな」

あっさり否定したアシュレイが、「断言はできないが」と続ける。

「もし、その父親が、石のいわくを知っていて、あまつさえ、盗掘なんかに加担していたとするなら、そんな物騒なものをホイホイ息子に渡すとは思えない。あいつが、石を手に入れたのは、あくまでも偶然に過ぎないだろう。――もし、偶然で片づけたくなければ」

そこで、底光りする青灰色の瞳で意味ありげにユウリを見やって、推測する。

「石がみずから、ここに来るために利用した中継地点と考えればいい」

「石がみずからって……」

シモンが、眉をひそめて言い返す。

「まるで、石が意志を持って、この地に来たような言い方ですが」

「ああ、まさに、そう言っている」

当たり前のように肯定され、シモンとユウリがまたもや顔を見合わせる。

「石の意志？」

それを日本語で言ったら、ただのダジャレになってしまうと思っているユウリの横で、シモンが疑わしげに確認する。

「本当に、貴方は、石に意志があると思うんですか？」

「あるかないか」

アシュレイが、両手を翻して答えた。

「今、この場で論議する気はないが、考えてもみろ、世界中、どこを見ても、ご神体の多くは石だったり岩だったりするだろう」

ユウリが、ポンと手を打って納得する。

「あ、そうか」

「石や岩は、古来神の依《よ》り代《しろ》と考えられ、その魂が宿る場所であった。――これは以前にも教えたはずだが、宝石として名高い琥珀《アンバー》は、中国語で『虎魄《こはく》』と書き、虎の魂が固まってできたものと考えられてきた」

たしかに、なにかの折に聞かされた情報であるが、ここではあくまでも余談に過ぎないため、シモンは深く掘り下げず、「それなら」と本筋に集中する。

「そんな秘めたる力を持った石が、ここに来て、なぜ急に世間を騒がせるようになったんです？」

「実際は、言うほど、急でもないんだが」

言いながら立ち上がり、コーヒーのお代わりを取りに行ったアシュレイが、部屋の付属品である電熱ポットでお湯を沸かす間に、シモンを振り返って問いかける。

「サム・ミッチェルは、知っているな？」

「考古学者の？」

「そうだ」

「知っています。冒険家タイプの学者で、秘境の遺跡を見つけては、宝探しのようなことをやっていましたよね？」

応じてから、「ただ、僕の記憶に間違いがなければ」と続けた。

「半年くらい前に、ネパールかどこかで亡くなったはずですが」

「そうだが、今回の騒動の発端には、そいつの存在がある」

軽く眉をひそめたシモンが、「まさか」と確認する。

「ああ、はい」

「彼が亡くなったのは、そのためですか？」

「当たり《ジャックポット》」

アシュレイはパチッと指を鳴らして肯定し、そのタイミングで沸騰したお湯をポットからコーヒーのフィルターに注いだ。

立ち上る湯気《ゆげ》とともに、淹《い》れたてのコーヒーの香りが部屋に充満していく。

「半年以上前の話になるが、サム・ミッチェルは」

新しい紙コップを持ってソファーに戻ったアシュレイが、話を続けた。

「某バイオ企業の依頼で、『龍尸』を求め、ネパールとの国境近くにあると考えられていた秘境の寺院に向かった。もちろん、その場所は秘密とされ、長い間、一部の人間にしか知らされていなかったのだが、彼は、ついに、その場所を突き止めたんだ」

「どうやって？」

「十年ほど前になるが、ネパールと中国の国境付近で、ある洞窟《どうくつ》遺跡が発見された。その場所からは、十二世紀から十四世紀頃にかけて描かれたと考えられる壁画と巻物が見つかっていて、各国の考古学者や探検家で構成された国際調査団が調査にあたったが、そこにサム・ミッチェルも名を連ねていたんだ」

「洞窟遺跡ねえ」

「彼は、そこで初めて『龍の呪法』を受け継ぐ一族と『龍尸』と呼ばれる宝玉を祀る寺院が存在することを知り、古代の宝物への探求が始まった。中国神話に根差したと思われるその話を、他の学者たちは荒唐無稽なものとして取り合わなかったようだが、サム・ミッチェルは、違った。何か感じたんだろうな。——それから、彼は、十年という歳月をかけて調べ上げ、ついに伝説の寺院を見つけ出した。その際、長らく彼の研究を資金面で支えてきたのが、今回の依頼主であるバイオ企業で、彼らは、その秘境の寺院に眠る宝玉を盗掘する決心を固めた」

「……それはまた、冒瀆《ぼうとく》的な」

「だから、天罰がくだったんだろう。『龍尸』を盗み出した直後に、サム・ミッチェルはネパールで発生した地震の余波を受け、滑落事故で死亡した。——以来、持ち出された『龍尸』の行方はわからなくなっていたんだ」

「なるほど」

「すごいですね」

ちょっとした冒険活劇を見たような気分になっていたユウリだが、冷静なシモンは矛《む》盾《じゅん》点《てん》を逃さず、「だけど」と問《と》い質《ただ》す。

「サム・ミッチェルは、その冒険の最中に亡くなったわけですよね？」

「ああ」

「それなのに、なぜ、貴方は彼の冒険についてそれほど詳しいんですか？　まして、彼が

『龍戸』を見つけたかどうかなんて、本人が死んでしまった今、同行者以外、わからないはずですよね？」

「たしかに、そうだが」

もっともな疑問に対し、コーヒーの入った紙コップを持ち上げて認めたアシュレイが、

「そこで」と告げた。

「我らが旧友、アレックス・レントのご登場となるわけだ」

「アレックスの？」

意外そうに繰り返したシモンに、アシュレイが「あいつは」と教える。

「底が浅くて、一緒にいてもおもしろみも何もないが、顔だけは広く、しかも、さまざまなものを引き寄せる力がある。――まあ、こいつとは違う意味で、中身がまっさらな分、入れ物としては上等なのかもしれないが」

言いながらユウリを顎《あご》で示したアシュレイが、続ける。

「とにかく、アレックスは、某パーティーでサム・ミッチェルと意気投合し、その後、根なし草の彼の私書箱になった」

「私書箱？」

どういうことかと繰り返したシモンに、アシュレイが答える。

「要は、サム・ミッチェルが旅先から自分宛《あ》てに送りたい荷物がある時の臨時受取人とな

り、後日、帰国した彼にその荷物を届ける役割を担うようになった」

「それって、かなり危うくないですか？」

注意深いシモンは、すぐにその危険性に気づく。

「当然、ヤバいさ。へたをすれば、密輸の片棒を担がされる」

「ということは、アレックスも、犯罪に利用されていたということですか？」

シモンの確認に対し、アシュレイは「さあねえ」と肩をすくめた。

「可能性があるというだけで、本当に盗掘したものを経由させていたかどうかはわからない。――まあ、俺にはどうでもいいことだし」

薄情なことをのたまったアシュレイが、「ただ」と言う。

「今回の件について、サム・ミッチェルは、秘境の寺院に向かう前に、自分が十年間にわたって調べ上げた『龍尸』に関する資料などを、地元の郵便局から、いつもどおりアレックス宛てに送っていたようなんだ。ただ、あの地震の影響で配達が大幅に遅れ、なんと、半年以上経《た》った今になって、アレックスのもとに届いた」

「まあ、現地は壊滅状態だと新聞で読みましたから、遅延しても、送られてきただけラッキーなのでしょうね」

「ああ。――とはいえ、毎回、送付先の住所は、アレックスの現住所でなく、実家であるこの学校になっていて、俺は、それを受け取りに来たんだ」

「――まさか、貴方がアレックスの代わりに？」

シモンが秀麗な顔をしかめて確認したのに対し、アシュレイが横目でジロッと睨みつけて応じる。

「そうだが、悪いか？」

「いえ、別に悪くはありませんが」

誰かの使いなど、天地がひっくり返ってもやりそうにないアシュレイが、そんな仕事を引き受けるとは思えなかったが、その理由を、アシュレイがみずから語った。

「俺の場合、サム・ミッチェルの遺品には、もともと興味があったんだよ。だから、それを俺の自由にしていいという条件で、引き受けた」

「なるほど」

それなら、納得だ。

そんな理由でもなければ、絶対にありえないことである。

すると、それまで、しばらく黙って何ごとか考えていたユウリが、「ねえ、アシュレイ」と呼びかけた。

「なんだ？」

「さっきの説明の中で、ちらっと『龍の呪法』を受け継ぐ一族と言っていたように思うのですが、当然、天候を操作するにあたっては、『龍尸』だけでなく、その使い方を知る必要があるわけで、それを受け継いでいる一族もいるということですよね？」

「ああ」

「それって、もしかして、龍の使い手ということですか？」

「――へえ」

底光りする青灰色の瞳を細めてユウリを眺めたアシュレイが、口元をわずかに引き上げて問い返す。

「どうして、そう思った？」

「え、どうしてと言われても……」

さほど深い考えはなかったのか、戸惑いながらユウリは続けた。

「最初に、アシュレイは、『羊脂玉』――ここではもう『龍尸』と言ったほうがいいのかもしれませんが、それと龍のことは二つで一つだと話していたので、名前から考えても、天候の操作を可能にしているのは、石そのものではなく、石に封じられている龍なんじゃないかと思ったんです」

「なるほど。――だから、『龍の使い手』か」

「はい」

「ま、お前にしては、なかなか鋭いところをついている」

珍しく誉《ほ》めてくれたアシュレイが、「お前の言うとおり」と認める。

「『龍尸』には龍が封じられていて、それも、ただの龍ではない」

「──というと？」

「『龍尸』に封じられているのは、夏王朝《か》を作った禹《う》に由来する龍だ」

「禹？」

驚いたユウリが、「でも」と疑問を放つ。

「夏王朝は、あくまでも伝説なんですよね？」

「そうでもないぞ」

アシュレイは否定し、「現在は」と教える。

「夏王朝が存在したことは、ほぼ確実とされているが、まあ、伝説の要素も数多く残されていて、そのあたりの線引きは難しいだろう。それでも、『楚辞《そじ》』の『天問』に従えば、禹の治水は応龍の導きによるもので、別の資料によれば、その後も、夏王朝には二度ほど、天より龍が遣わされている。──もっとも、その頃には、龍の使い手がいなくなっていたため、その末路はパッとしない。ただ、その際、龍の使い手であった拳龍《かんりゅう》氏の末裔《まつえい》から『龍の使い手』としての極意を受け継いだ者たちがいたらしく、その苗裔《びょうえい》が『三能社《さんのうしゃ》』という結社を作り、龍の神霊を封じた『瓏』とともに、その呪法を守り続けてきたんだ」

シモンが、「だとしたら」と尋ねる。

「『龍尸』を取り戻すためにオースチンを襲ったのは、その人たちでしょうか?」

「違う」

あっさり否定したアシュレイが、「彼らは」と説明する。

「あんなふうに表立って手荒な行動は取らない。あくまでも陰に隠れた存在であれば、万が一、強硬手段に出ることになっても、痕跡《こんせき》はいっさい残さないだろう」

「――もしかして、自然死に見せかけた毒殺とかですか?」

厭《いと》わしそうに確認するシモンに、アシュレイは淡々と頷いた。

「そういうことになるな」

「それなら、あれは……」

いったい、何者だったのか。

考えるシモンに、アシュレイはどうでもよさそうに私見を述べた。

「おそらく、サム・ミッチェルの依頼主だろう」

「バイオ企業?」

「ああ。直接の関係者か、雇われただけかはわからないが、彼らは、オースチンがSNSに載せた写真を見て、これぞ『龍尸』と考え、強奪しようとした。手練《てだれ》のサム・ミッチェルは、秘境の寺院で手に入れた『龍尸』を、その場で写真に撮っていて、それを、アレックス宛ての荷物に入れたパソコンにも送っていた。おそらく、それと同じものを、証明のために、依頼主にも送っていたんだろう」

「なるほど」

納得したシモンが、「となると」と懸念を示す。

「懲《こ》りずに、また彼らが襲ってくる可能性もありますね」

「そうかもしれないが、そっちは、それほど気にする必要はない」

「なぜです？」

たしかに、徹底的に痛めつけたのであれば、あちらも懲りたかもしれないが、それくらいで諦《あきら》められるくらいなら、もとより、十年間も援助の手を差し伸べたりはしなかったはずだ。

だが、アシュレイにはアシュレイなりの計算があるらしく、それはたいがい功を奏する。

「俺があいつらに言ったことは、ただの脅しではない。『龍戸』の秘密を知ったうえで、それをおのれの欲望のままに手に入れようとする者に対しては、『三能社』が決して黙ってはいないはずだからな。――実際、奴《やつ》らはもう、この学校に潜り込んでいるし」

「――そうなんですか？」

驚いたユウリとシモンが視線を交わし、すぐにユウリが「もし、そうなら」と残念そうに言った。

「オースチンの部屋から『羊脂玉』を持ち去ったのはその人たちで、もうオースチンのもとに戻ることはないかもしれませんね？」

この件で、なに一つ悪いことをしていないにもかかわらず、あれほど一所懸命捜している宝玉が、オースチンの手から離れてしまうというのは、理不尽だし、なんともかわいそうなことである。

そう思ったユウリであったが、意外にもアシュレイは「いや」と否定して続けた。

「まあ、中継地点でしかないオースチンの手には戻らないにしても、それを、あいつの部屋から持ち去ったのは、彼らではない。おそらく、彼らもまだ、『龍尸』の所在を突き止めていないはずだ」

「へえ」

拍子抜けしたユウリが、「だけど」と首を傾《かし》げる。

「そうだとしたら、本当に『羊脂玉』──『龍尸』とやらは、どこに行ってしまったんでしょうね」

「それは、俺にもわからないが」

そこで、責めるようにユウリを見やり、「言わせてもらえば」と冷たく告げる。

「そいつを見つけ出すために、お前はここにいるんじゃないのか？」

出発点に戻り、ユウリの存在意義について、アシュレイが言及した時だ。

コンコン、と。

ドアをノックする音に続き、寮長のブルンナーが顔を覗《のぞ》かせた。

「お話し中にすみませんが、フォーダム」

「構わないけど」

ユウリは、立ちあがって近づいていきながら、先に気になっていたことを確認する。

「オースチンの様子は、どう？」

「彼は、平気です。ケガはかすり傷だったので、もう部屋に戻っていて、同室のグレイが面倒をみています。——それより」

ブルンナーは、部屋の中から思い思いの体勢でこちらを見ているシモンとアシュレイの目を気にしつつ、ユウリに向かって告げた。

「今しがた、ダーウィン寮から連絡があって、例の具合を悪くしている生徒が話せるようになったそうなので、よかったら、これからご案内します」

「ああ、そうか」

アシュレイの出現ですっかり忘れかけていたが、ここには、その生徒に話を聞くために戻ったようなものである。

他寮の生徒であるため、事前に面会を申し入れてあって、今、その許可がおりたということだ。

するとふ、二人の会話に聞き耳を立てていたアシュレイが、割って入った。

「なんの話だ?」

「ああ、えっと」

ドアのところで振り返ったユウリが、答える。

「シリトーが懸念していた超常現象の中の一つに、原因不明の病に冒されている生徒がいるというのがあって、今となっては、こっちの件には関係ないようにも思えるのですが、シリトー曰《いわ》く、龍が出ようが、豪雨にさらされようが、構わないけれど、生徒に被害が出るのだけはなんとしても食い止めたいそうで、僕としても、聞いてしまった以上放ってはおけないので、とにかく話を聞いてみます」

そこまで説明したところで、ブルンナーに顔を戻して答えた。

「ありがとう、ブルンナー。せっかくなので、今から会いに行くよ」

そのままユウリがブルンナーと部屋を出ていこうとすると、彼らの後ろから、当たり前のようにアシュレイとシモンがついてきた。

気づいたユウリが二人に向きなおり、押《お》し留《とど》めるように両手をあげて宣言する。

「ああ、いや、ええっと。……すみません。二人は、ここで待っていてください」

シモンが、心外そうに訊き返す。

「二人って、ユウリ、僕もかい?」

「うん、そう。——ごめん」

頷いて謝ったユウリが、拝むように両手を顔の前で立てながら続ける。

「だって、どう考えても、病み上がりの生徒にとって、アシュレイの存在は心臓に悪いだろうし、せっかく話ができる状態になったのに、シモンを見て卒倒でもされたら、元も子もないから」

的確な指摘を受け、なんとも稀有《けう》なことに、シモンとアシュレイが顔を見合わせて、同時に肩をすくめた。

まさに、二人とも、返す言葉がなかったのだろう。

それでも、不満そうに何か言いかけるアシュレイの機先を制し、上着のポケットからアシュレイから預かっているスマートフォンを取り出したユウリが、「わかっています」と言う。

「漏れがないよう、会話を録音してこいって言うんですよね？」

「ああ」

頷いたアシュレイが、クルリと背を向けて部屋の中に戻ったので、シモンもしかたなく、ユウリとブルンナーを送りだすと、あとに続いて部屋の中へと戻っていった。

3

「――あれ、ベルジュは一緒ではないんだ？」

ユウリとブルンナーを迎えたダーウィン寮の筆頭代表と寮長、さらに他数名の監督生たちは、そこにシモンの姿がないのを見て、見るからに落胆した様子だ。在学中、シモンの名前は全校生徒に轟《とどろ》いていたため、みんな、憧《あこが》れだった元上級生に会うのを楽しみにしていたのだろう。

結局、筆頭代表と数人の監督生は、その場ですぐに散開し、ダーウィン寮の寮長一人だけが、彼らを案内してくれる。

歩きながら、ダーウィン寮の寮長とヴィクトリア寮の寮長であるブルンナーが、簡単な会話を交わした。

「なあ、噂《うわさ》で聞いたんだけど、急な訪問客はベルジュだけではないんだって？」

「ああ」

「もしかして、アシュレイも？」

「そうだ」

「げ。やっぱ、デマじゃないのか」

首をすくめ、「くわばら、くわばら《ヘブン・フォアビッド》」と呟いたダーウィン寮の寮長が、「それで」と尋ねる。

「いったい何ごと?」

「さあ」

こうして訊いていると、ブルンナーの口数は極端に少ない。おそらく、ユウリやシモンに対しては、礼儀上、きちんとしゃべっているだけで、無口なほうがふだんのブルンナーなのだろう。

その証拠に、ダーウィン寮の寮長は、気にせずどんどん話しかけている。

「なあ、まさか、うちのロッドが具合を悪くしているのと関係しているんじゃないだろうな?」

訊きながら、ダーウィン寮の寮長がチラッとユウリを見たので、ユウリは、ブルンナーに代わって「アシュレイの目的はわからないけど」と答えた。

「僕は、シリトーに頼まれて、様子を見に来ただけだよ」

すると、ユウリに向きなおったダーウィン寮の寮長が、今度は直接訊いた。

「でも、それなら、そもそもシリトーは、なぜ貴方に相談したんでしょう?」

「うん、どうしてだろうね」

禅問答でもしかけられたかのように煙《けぶ》るような漆黒《しっこく》の瞳を翳《かげ》らせたユウリは、ややあって「たぶん」と応じる。

「すり込みなんじゃないかな」

「すり込み？」

「うん。ヒナが最初に見たものを親と思い込むみたいに、精神的な問題を抱えていそうな下級生には、僕が必要だと考えたとか」

「ああ、なるほど」

さほど説得力があるとは思えなかったが、ダーウィン寮の寮長は意外にあっさり納得してくれた。どうやら、シモンやアシュレイほどではないにせよ、ユウリの癒《い》やし能力についても、在校生の間で噂が浸透していたようである。

それからすぐ、第二学年《フォースフォーム》の部屋が並ぶ階の角部屋の前に立ったダーウィン寮の寮長が、「ここです」と言いながらドアをノックし、返事があるのを待ってから開けた。

部屋の中では、第三学年《フィフスフォーム》の「階代表《ステアマスター》」の一人が待っていて、ルームメイトである問題の生徒の寝室へと案内してくれる。その際、やはり、シモンが一緒でないことに落胆したようであったが、それまでの緊張した様子が解け、なごんだのもたしかだ。第三学年の生徒にとっては、いまだにシモンは雲上人《うんじょうびと》なのだろう。

「ニコラス、卒業生のフォーダムが話を聞きに来たから、入るよ？」

「――うん」

返事があったのを受け、ドアを開けた「階代表」が身体《からだ》をずらし、ユウリを中に通した。

「どうぞ」

「ありがとう」

だが、一歩入った瞬間、ユウリは、ハッとして足を止めた。

部屋の中が、奇妙に歪《ゆが》んでいる。

まるで、水底《みなそこ》にいるような感じである。

ゆらゆらと。

揺らぐ景色の中に、何かがスイッと泳いで過ぎた。その軌跡だけが、目の端に焼きつく。

（水が）

煙るような漆黒の瞳を細めたユウリが、心の中で思う。

（重い……？）

今にも溢《あふ》れそうな水の重みに耐え切れず、呼吸が苦しくなりかけた時だ。

「――どうかしましたか？」

ドアのところで固まったユウリを訝《いぶか》しく思ったらしいブルンナーに声をかけられ、ユウリは、ハッとして彼らのほうを振り向く。

「……あ、ごめん。なんでもない」

無意識に喉元《のどもと》に手をやったユウリが、小さく息を吐いてから告げる。

「それより、差し支えなければ、彼と二人で話をさせてくれる？」

それに対し、ブルンナーと顔を見合わせたダーウィン寮の寮長が頷き、階代表にも顎で指示して退いた。

「こちらで待機しているので、何かあれば、呼んでください」

「ありがとう」

背後でドアが閉ざされ、部屋の中に問題の生徒と二人になったところで、その場に立ったまま、ユウリが訊く。

「大変だったね、ニコラス。——ニコラスって呼んでも構わないかい？」

「はい、フォーダム」

ベッドに半身を起こした状態で頷いたニコラスが、すぐに言う。

「……あの、僕、前に一度、医務室で貴方にお世話になったことがあって」

「そうなんだ？」

ユウリは、在学中、よく医務室で薬草《ハーブ》の手入れを手伝っていて、現在は非常勤となっている校医のマクケヒトの手がふさがっている時などに、簡単な処置や傷病者の相手を任されていた。

だが、残念ながら、その時の相手をすべて覚えているわけではない。

ニコラスが言う。

「それで、貴方になら話をしてもいいかと思って、シリトーが聞き取りに来た時にチラッと名前を出したんです」

「……へえ」

シリトーは、そのへんの詳しい話をしてくれなかったが、名前も知らないような生徒に呼びつけられたとするよりは、自分のわがままにしておいたほうがいいだろうという配慮があったのかもしれない。

「それなら、話してくれる？」

ベッドの端に腰かけながら、ユウリがうながす。

「いったい、君に何があったのか」

「それが……」

話す気はあるようだが、ニコラスは、そこで口ごもった。やはり、いざ話そうとすると、あまりに現実離れした感が強く、どうにも話しにくいらしい。

そこで、ユウリが話の道筋をつけてやる。

「シリトーの話では、君は蛇に祟《たた》られたそうだけど、そうなのかい？」

「はい」

頷いたニコラスが、窺《うかが》うようにユウリを見た。

「そんなこと、信じられますか？」

「もちろん」

頷いたユウリが、安心させるように言う。

「信じるよ。――シリトーだって、信じたからこそ、僕のところに来たんだろうし」

「……そっか」

そこで、ようやくほっとしたように肩の力を抜いたニコラスが、「そうなんです」と改めて話し始めた。

「僕、蛇に祟られたみたいで、眠ると、蛇が出てきて僕を威嚇するから、それが怖くて眠れなくなってしまって」

「それは、つらいだろうね」

「ええ。つらいです。頭がおかしくなりそうなくらい――。瞬きをせずに見つめてくる目が怖くて、こうして考えただけでドキドキしてきてしまう」

「そう」

ユウリは身体を伸ばしてニコラスの肩に手を置き、「でも、大丈夫だよ」と励ました。

「夢の中のものは、現実には、決して君に手が出せないから」

「本当に？」

「うん」

頷いたユウリが、「それより」と尋ねる。

「君自身は、蛇に祟られるような心当たりがあるのかい？」

「いいえ、ぜんぜん」

力なく首を横に振ったニコラスが、「僕」と言う。

「蛇を捕まえてもいなければ、踏んづけてもいないはずです。それなのに、あの晩、急に夢に蛇が現れて――」

そこで、ユウリが訊き返す。

「あの晩というのは、どの晩？」

「エッグハントの日です。あの夜に、蛇が現れた」

「それなら、その日、君のまわりで、何か変わったことはなかったかい？」

「特には、なかったと思います。いつもと違うことと言ったら、みんなと一緒に、イースター・エッグを集めて回っていたくら――、あ、そうだ」

しゃべっている途中で何か思い出したらしく、ニコラスが「あれって、関係あるのかな」と言いながら、ユウリを見た。

「なに？」

尋ねたユウリが、続ける。

「関係なくてもいいから、思い出したことがあるなら話してくれる？」

「はい」

頷いたニコラスが、話し始める。

「僕、みんなと一緒にゲーム用のイースター・エッグを集めていたんですけど、その時、花壇のところで、カメが卵のようなものを運んでいるのを見たんです」

「カメ？」

「これくらいの大きさの」

ニコラスが手で示したのは、ウミガメの四分の一くらいの大きさだった。

「……けっこう大きいね」

「そうなんです。しかも、どこか、アンバランスな感じで」

「ふうん」

ユウリが頷き、「それで」と続ける。

「そのカメが、イースター・エッグを運んでいた？」

「いいえ。実は、手に取って見たら、それはイースター・エッグではなく、ただの石でした」

「石？」

「そうです。白くて楕円形《だえんけい》をしていたから卵のように見えたんですけど、石です。――しかも、今思えば、その石をカメの甲羅の上から取った時に、蛇のような細長いものが、僕のほうに素早く移動してきた気がして……」

「カメから蛇?」

それはまた、奇妙な取り合わせに思えるが、そこにも何か意味があるのだろうか。

それに、卵のような石といえば、まさに、オースチンが失くし、捜し求めていた「羊脂玉」と同じである。

もっとも、それが本当に「羊脂玉」なら、つまりは「龍尸」ということで、祟られるなら龍であるはずなのに、なぜ蛇なのか――。

興味ぶかく聞いていたユウリが、訊き返す。

「――ちなみに、その石って、まだ持っている?」

「あ、はい。そのはずです」

頷きつつ、少し考え込んだニコラスが教える。

「あの時着ていた制服のポケットに、まだ入っていると思います」

そこで、ユウリがクローゼットの前に移動しながら、許可を取る。

「中を見ていいかい?」

「ええ。その時に着ていたのは、手前にかかっているほうなんですけど」

そこで、くだんの制服を取り上げたユウリが、ポケットの中を探すと――。

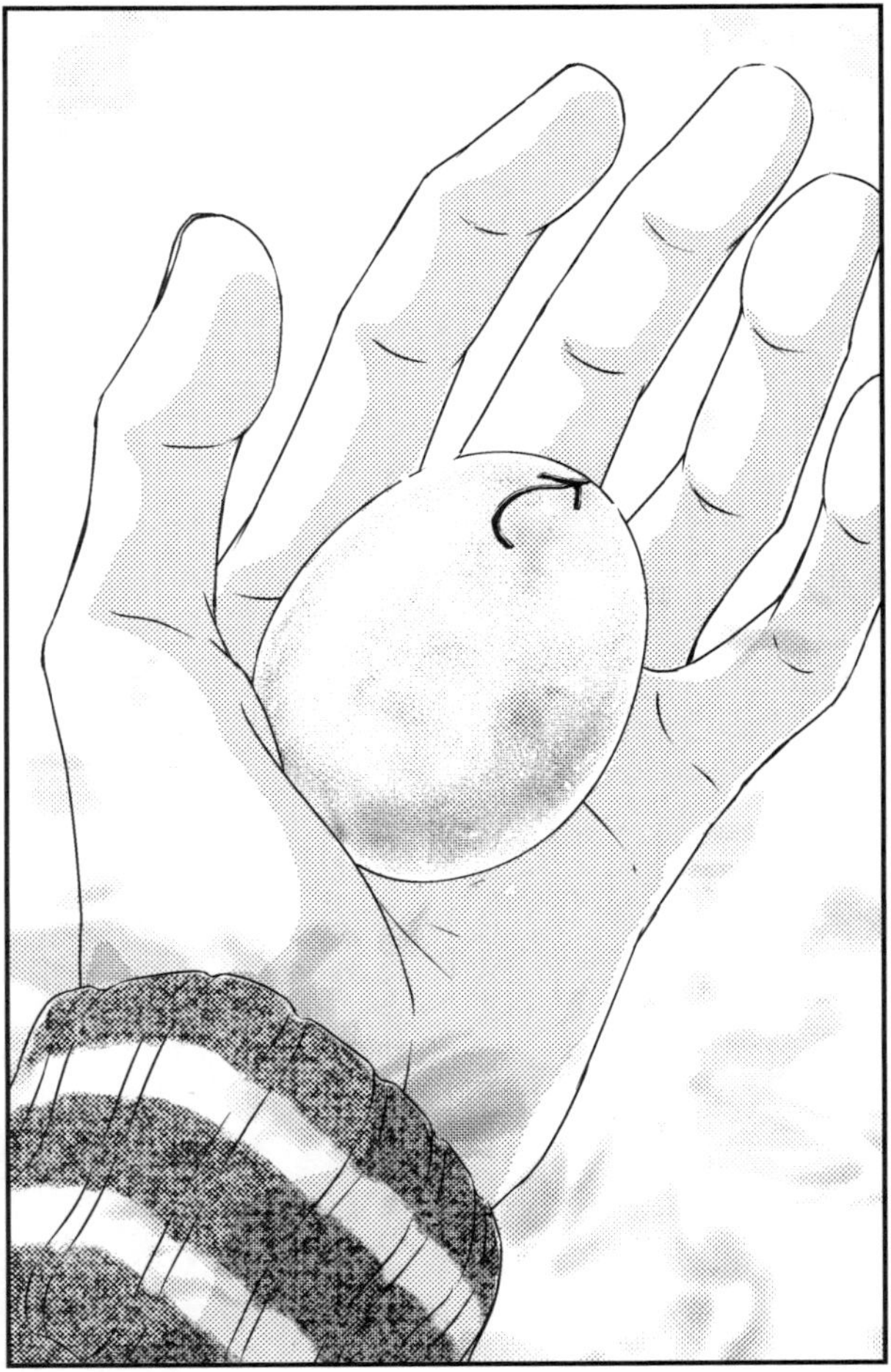

「——あった」

取り出して見たそれは、たしかに、卵のように白い楕円形をした石で、天頂部分に縦にキズが入っている。——それは、ユウリが見る限り、キズというより、意図して彫られた記号のように思われた。

(もしかして、これ、封印の一部なんじゃ……)

考えながら窓のほうを向き、石を午後の陽射《ひざ》しに翳《かざ》して見る。

すると、白い石の中にうすぼんやりと光が籠《こ》もり、全体が、なんともいえない柔らかな色合いを帯びた。そのゆるやかに波打つような輝きは、羊膜に包まれた羊水を思わせ、小さな石に秘められた永久の命の変遷を感じさせる。

そうして眺めているユウリの耳に、その時、揺れ動く水の音が聞こえた。

チャプン。

チャプン、と。

水は、今にも溢れそうなくらい、たっぷりと器の中に湧《わ》き出《で》ている。

(まずいな。——このままだと、こぼれる)

妙な焦燥感に駆られたユウリが、振り返って尋ねた。

「ねえ、ニコラス。この石、僕が持っていっても構わないかな?」

「もちろん、いいですけど、まさか、それが、僕が見る蛇の夢と、何か関係があるんでしょうか？」

　不安そうな下級生をなだめるように、ユウリが静かに告げた。

「そうだね。正直に言うと、君が言うとおり、悪夢の原因はこれだと思う。これが、蛇と関係したものであったために、祟られることになったんだ。——でも、だからきっと、これさえ手放してしまえば、君はもう、悪夢に悩まされることはなくなるはずだから」

「本当に？」

「うん」

　頷いたユウリが、先ほどのニコラスの言葉を借りて、尋ね返す。

「なんて、そんなことを言われても、信じられないかい？」

　ニコラスがユウリに同じようなことを訊いた時、ユウリは躊躇《ためら》うことなく、「信じる」と言ってくれた。それなのに、ニコラスのほうは信じないというのでは、筋が通らない。

　顔をあげたニコラスが「いいえ」と力強く応じる。

「休日に、わざわざ僕のためにこんなところまで出てきてくれたんです。貴方の言うことを信じます、フォーダム」

　そこで、ニコラスとの話を終えたユウリは、外で待っていたブルンナーとともにダーウィン寮をあとにした。

　どちらも、何も言わない。

ブルンナーの無口さが、この時は幸いした。

道々、スプリングコートのポケットに入っている「龍尸」に触れつつ、ユウリは複雑な想《おも》いで考えた。

期せずして、「龍尸」を手に入れてしまったが、状況は決していいとはいえない。

何より、どんどん満ちていく水のイメージが、ユウリをひどく落ち着かない気分にさせていた。

（このままだと、間に合わないかもしれない……？）

何もわからないまま、そんな焦りだけが募っていく。

「龍尸」を含めた「瓏」は、水旱を支配する宝玉だと、アシュレイは言っていた。

だが、それなら、封印が失われてしまった「龍尸」は、この世界に何をもたらすというのだろう。

それに、カメと蛇だ。カメの卵を奪って、蛇に祟られる。それには、いったいどんなからくりが隠されているのか――。

そして、「龍尸」との関係は――？

（……カメと蛇、ねえ）

心の中で呟きつつ、どうにも謎が多すぎると苦笑したユウリは、ひとまず考えるのはやめにして、急ぎ、ヴィクトリア寮へと戻っていった。

4

「――ということなんですけど」

　ニコラスとの会話を聞かせたところでアシュレイの様子を窺うと、寝転がった状態でユウリから渡された「龍尸」をもの珍しそうに眺めながら聞いていたアシュレイが、「まだ、一つ」と言って身体を起こした。

「ピースが足りない」

「ピース？」

「パズルのピースだ」

　そう言って「龍尸」を突き出したアシュレイが、続ける。

「これを手に入れたことは誉めてやるが、それでもまだ、全体を完成させるためのピースが一つ欠けている」

「……一つねえ」

　ユウリには、むしろ、ほとんどのピースが埋まっていないように思えたが、おそらくそこが頭脳の差というものなのだろう。

　悩ましげな表情のユウリに向かい、アシュレイが「――ま」と言う。

「それはそれとして、カメだって?」

「はい。カメと蛇です」

応じたユウリが、感想を付け足した。

「カメと蛇なんて、変な取り合わせですよね」

「そうか?」

「カエルと蛇なら、まだわかるんですけど」

三すくみの一辺をあげたユウリに、アシュレイが、「だが」と教える。

「四神相応《しじんそうおう》で北を守る玄武《げんぶ》は、蛇とカメを合体させた生き物だとする説もある」

「……そうなんだ。それは、知りませんでした」

母親の実家が陰陽道《おんみょうどう》宗家の家系であるだけに、ユウリも「四神相応」の思想くらいは知っていたが、玄武については、カメという認識しかなかった。

「ただ、そんなことより」

アシュレイが、逸《そ》れかけた話を元に戻して言う。

「俺が訊きたいのは、そのカメの足は何本だったかってことだ」

「足?」

突拍子もない質問に、「えっと」と狼狽《うろた》えたユウリが、正直に答える。

「すみません、聞いていません」

「使えない」

言下に批判したアシュレイが、「だから」と警告する。

「金輪際《こんりんざい》、俺がいるのに、一人でやろうなどと思うな。二度手間になる」

どうやら、先ほど置いていかれたことを怒っているらしい。ただ、本当についていきたければ、ユウリがどんなに止めようと強引についてくるはずなので、単に、ユウリを苛《いじ》めて遊ぶ絶好の機会を有効に使っているだけかもしれなかった。

なんにせよ、カメのように首をすくめたユウリが、「でも」とささやかながら反論する。

「そんなこと、わざわざ訊かなくても、カメといえば、足は四本ですよね？」

「だから、そういう固定観念は捨てろと、何度も言っているだろう。本当に、お前たちは学ぶということをしない」

「……固定観念」

「そうだ。実際、この生徒が言ったカメの描写の中には、『アンバランス』という言葉があっただろう」

「ああ、ありましたね」

「それを考えたら、まず足は三本だったと考えていいはずだ」

「ふうん」

ひとまず納得したユウリであったが、やはり引っかかることはある。

「どうして、三本と断定できるんです？」

そのこだわりがわからずに訊いたユウリに、アシュレイが「そりゃ」と当然のごとく答えた。

「そいつの見たカメが――もっとも、俺は、十中八九、カメではなくスッポンだったと思っているんだが――、世間を騒がせた龍の正体だからだよ」

「――は？」

一足飛びの結論に、まったく話についていけなくなったユウリが、助けを求めるようにシモンを見ると、離れたところで聞いていたシモンが、こっちに歩いてきながら片手を翻して訊き返した。

「アシュレイ。今の結論は、さすがに話が飛躍しすぎています。できたら、もう少し詳しい説明をしてもらえませんか？」

「飛躍ねえ」

「龍尸」を投げあげながら応じたアシュレイが、面倒くさそうに続ける。

「俺にとっては自明の理なんだが、しかたない、説明してやる」

そこで、「龍尸」を宙で摑み取った彼は、解説に集中した。

「『龍尸』には、夏王朝の創始者である禹にゆかりの龍が封じられているというのは話したと思うが、禹の父親とされる鯀《こん》は、治水に失敗したために殺され、死後、黄龍に化したことになっている。そして、禹の治水を助けた『応龍』と、鯀《こん》が化した『黄龍』は、字が違っても読みが通じることから、同じ龍と考えることはでき、ゆえに、『龍尸』に封じられた龍は、禹の父親の鯀《こん》と考えていいはずだ。――ここまでは、わかるな？」

「はい」

「ええ」

二人して頷いたユウリとシモンから視線を外し、アシュレイは底光りする瞳を、ドアのほうに向けた。まるで、その先を透かし見るように眺めていた彼は、視線を逸らさずに話を続ける。

「ただ、ここで少し厄介《やっかい》なのは、まず、中国における神話は、あの国の歴史が複雑であることに比例し、複雑に入り組み、同じ話にもいくつか異なるバージョンがあることなんだ。それを踏まえたうえで話すと、今言った鯀《こん》の神話にも他のバージョンがあり、それらによれば、彼が化したのは『黄龍』ではなく、『黄熊《おうゆう》』であったとか、『黄能《おうのう》』であったとされている」

「『黄熊《おうゆう》』って、熊ですか？」

「そうだ」

「それなら、『能』というのは、なんでしょう。初めて聞く名前ですけど、中国における幻想上の生き物とかですかね？」

ユウリは、正直、「熊」にも違和感を覚えていたが、「能」に至っては、チンプンカンプンであった。

アシュレイが、それに応えて教える。

「中国の漢字を解説した著名な本として、漢代に書かれた『説文解字《せつもんかいじ》』があるが、それによると、『能』は、『熊属にて足は鹿《しか》に似る』とあり、また、梁《りょう》の時代に任昉《じんぼう》という人物が書いた小説では、『能』についての説明を『陸にいるを熊といい、水にいるを能という』としているので、その二つは類似するものらしい」

「それだと、やっぱり、妖怪《ようかい》みたいなものということになりそうですけど……?」

「さあ、それはなんとも言えない。どの説明も明確に定義しているわけではなく、正体は依然不明だからな。——だいたい、『説文解字』は、多分に権威的だといわれていて、しかも、甲骨文字はまだ見つかっていない時代に書かれたものであるため、象形からくる字義はまったく考慮されていない。『金文《きんぶん》』は、あっても、無視されていたようだし」

「『金文』?」

「中国で出土している青銅器などに書かれた文字のことで、漢字の基礎と考えていい。そして、『金文』の象形から考えると、『能』が水中の昆虫を象《かたど》っているのは間違いなく、さらに、中国最古の類語辞典とされる『玉篇《ぎょくへん》』には、『能は三足の鼈《べつ》なり』と記されていることから、鯀《こん》が化したのは、熊というよりは、こちらの鼈《べつ》、つまり、スッポンと見るべきだと、俺は思っている」

「あ、だから、スッポンなのか」

先ほど、アシュレイが、見てもいないカメのことを「スッポンだ」と決めつけていたのは、この知識を背景としていたのだ。

だが、そんなこと、ふつうの人間にわかるわけがない。

ユウリが思ううちにも、アシュレイが「そもそも」と続けた。

「鯀《こん》は、その字から見てもわかるとおり、元は魚類に属するものであるし、その子である禹も、荘子などに言わせると魚形の神であれば、陸の『熊』に化すことには違和感があり、実際、唐代には、鯀《こん》が化したのは、『熊』でも『能』でもなく、『能』の字の下に三つの点を振った三本足のスッポンを主張する説もあったくらいだ」

「三本足のスッポン……」

だとしたら、カメが「龍戸」を運んでいたことも納得がいく。アシュレイが推測したように、そのカメは実はスッポンで、ヤドカリのごとく、龍の魂が封印されていた「龍戸」を運んでいる途中であったのだろう。

鯀の化した龍であれば、また、三本足の鼈に化けることも自在というわけだ。

一緒に話を聞いていたシモンが、「もしかして」と確認する。

「『龍の呪法』を守ってきた『三能社』の『三能』というのは——」

「当然、三本足のスッポンのことを意味していて、その証拠に、あいつらを識別する記号は、楕円に三本の線がついたものだ。――そして、今も、奴らは、そのへんで聞き耳を立てていることだろう」

アシュレイの言葉に、ユウリとシモンがハッとして、あたりに視線を巡らせた。

もちろん、すぐにわかるような場所には潜んでいないはずで、探っても気配すら感じなかったが、監視されていると思うと妙に落ち着かない気持ちになる。

「でも、それなら」

ユウリが、アシュレイに視線を戻して言う。

「『龍尸』もこうして見つかったのですから、その人たちに引き渡して、元に戻してもらえばいいじゃないですか」

それですべて丸く収まると考えたユウリだが、アシュレイは首を横に振って、「最初に」と告げる。

「俺は言っただろう。パズルを完成させるには、ピースが一つ足りない、と」

「言いましたね」

忘れていたユウリが認め、当然、訊くべきことを尋ねる。

「それで、そのピースというのは、なんなんですか？」

「これだよ」

親指と人差し指でつまんだ「龍戸」を突きだして見せたアシュレイが、その天頂部を示して、「ここに」と教えた。

「かつて龍文の一種が刻まれていたはずなんだが、その一部が消えてしまっている。それがあっての『龍の呪法』であれば、これを元に戻すという大技は、あいつらには無理だろう」

「だけど」

シモンが指摘する。

「それを言ったら、欠けたピースがなければ、ユウリにだって無理でしょう」

「まあ、そうだな。——だが、とっととそれを見つけ出さないと、俺たちにはそれほど時間がない」

「時間？」

眉をひそめたシモンが、確認する。

「これには、タイムリミットがあるんですか？」

「ああ」

あっさり認めたアシュレイが、同じ調子で宣言する。

「龍が暴れ出すまでの、タイムリミットだ。——言っておくが、今から方舟《はこぶね》を造るだけの時間はないからな」

「龍が暴れ出す？」

繰り返したシモンの横で、ハッと顔をあげたユウリが、「そうか」とひらめきに満ちた表情になる。

「あの水」

「水？」

訝しげなシモンとは対照的に、アシュレイが青灰色の瞳を光らせる。

「水がどうした、ユウリ？」

「いや。『龍尸』に溜《た》めこまれている水です。——龍をどうにかしないと、きっと、あれが溢れ出して大変なことになる」

「へえ」

「龍尸」を振って応じたアシュレイが、認めた。

「何をもってその結論に達したのかは知らないが、珍しく大正解だよ、ユウリ。暴れ出した龍がもたらすのは、この世界を壊す洪水だ」

シモンが水色の瞳を細めて告げる。

「大変じゃないですか」

「だから、そう言っているだろう」

「でも、どうするんです？」

尋ねたシモンが、続ける。

「さっきも言ったように、最後のピースが見つからなければ、いくらユウリだって、龍を元の状態に戻すことはできないわけで、どうやったら、その最後のピースを見つけ出すことができるんですか？」

アシュレイが、「そうだな」と「龍戸」をテーブルに戻して言う。

「消えた龍文の一部が出てくるといいんだが――」

「それは、新たにそこに刻むということではなく？」

シモンの確認に、ソファーにそっくり返ったアシュレイが皮肉げに笑って応じる。

「そんな単純なものではない。『瓏』に龍を封じ、『龍の呪法』を成立させるのは、言ってみれば、刻まれた図や文字に託された魂の作用だ。この『龍戸』の場合、それが禹の魂ということになり、自身も龍と化した禹の金文をもって龍文の代わりとしていたが、今、その一部が欠けてしまっているわけだ」

「つまり、龍の魂を『羊脂玉』に封じていたのは、禹の金文ですか？」

「そう。そして、『禹』という字は、二匹の『虫』の金文を十字に組み合わせた形でできているんだが、こうして見る限り、横棒の方が欠けているんで、二匹のうちの一匹がいなくなっていることになる」

「虫？」

説明に違和感を覚えたユウリが、「本当に」と確認する。

「虫なんですか？」

「そうだが、安心しろ。お前の考えている虫と、象形としての『虫』の字は、まったく違うものと考えていい。おそらく、『虫』と聞いて、お前が思い浮かべるのは昆虫全般だろうが、本来、『虫』は蛇など爬虫類を表し、そこに龍も含まれている。対する昆虫は、小さな虫の寄り集まった『蟲《ちゅう》』という字が当てられていたんだ。その証拠に、『虫』を表す甲骨文字や金文は、誰が見ても蛇にしか見えない形をしている」

「ああ、蛇」

そこで、シモンが「だから」と納得したように言う。

「カメ――あるいはスッポンなのかもしれませんが――から『龍尸』を取り上げたニコラスは、蛇に祟られたわけですね。龍文の一部が消え去っても、残っているほうの『虫』＝蛇が『龍尸』を見守っている」

「そういうことだろうな」

二人の会話を聞いていたユウリが、そこで「そうか、蛇！」と何かを思いついたように声をあげる。

「アシュレイ」

「なんだ？」

ソファーの上でわずかに首を傾け、アシュレイがユウリを見つめる。

「いえ、もしかしたら、足りないピースが埋まるかもしれません」

「それはまた、唐突だな。――どこかで、様子のおかしな蛇でも見たのか？」

おもしろそうに訊き返したアシュレイに、ユウリがその名前を挙げた。

「見ました。オースチンです」

「オースチン？」

繰り返したアシュレイが、識別しやすい説明を付け加える。

「『龍尸』の中継地点となった？」

「……まあ、そうですけど」

結果的に、彼の手に戻らなくなることを暗に示す言葉に少なからぬ抵抗を覚えつつ、ユウリは説明する。

「彼、昨日会った時に、ポケットに蛇を入れていたんです。もちろん、本人は、それを『羊脂玉』の台座だと思っていましたが、僕には、どうしても、それが本物の蛇にしか見えなかったんです」

シモンが小さく片眉をあげ、澄んだ水色の瞳で友人を見おろす。それでよく黙っていられたものだと、なかば呆れたのだ。

アシュレイが、顎に手を当てて考え込む。

「本物の蛇ねえ」

「その時も変だなとは思ったんですが、今考えると、たぶん、あれこそが、禹の金文から欠けてしまったほうの『虫』?——つまりは蛇が化したものだったんじゃないかって」

「なるほど」

考えをまとめたらしいアシュレイが、「それなら」と居丈高に告げる。

「まずは、その台座に化した蛇を捕獲だな」

「……捕獲って」

なんとなく物騒な響きの言葉を聞き、ユウリが慌てて名乗り出る。

「だったら、僕が行きます」

「でも、ユウリ」

アシュレイではなく、シモンが懸念を示した。

「いくらなんでも、そう素直に渡してくれるかな?」

「わからないけど、説得してみるよ」

下級生を気遣う二人のやりとりを一蹴《いっしゅう》するように、アシュレイがヒラヒラと手を振って言った。

「そんな七面倒臭いことをしなくても、陰で動く奴らに向かって言えば、すぐにでも、そいつから蛇をかすめ取ってくるだろうよ。——なに、心配しなくても、吹けば飛んでしまいそうな子供相手に、荒っぽいことにはならないさ。気づいたら、失くなっているというくらいだろう」

だが、それには、ユウリが、断固として反対する。

「絶対にダメです、アシュレイ。それでなくても、彼は、今、お父さんが送ってくれた『羊脂玉』のことで、つらい想いをしているんですから」

「だが、それなら、どうする気だ」

アシュレイが、冷たく言い返した。

「ベルジュの言うとおり、大切な物なら、なおさら簡単には渡してはくれないぞ」

「わかっています」

ユウリは認め、「それでも」ときっぱり言う。

「話し合って、譲ってもらいます」

こういう時のユウリは、どんなに脅しつけたところで絶対に意志を曲げないことを知っているアシュレイは、大仰に溜め息をつき、さらに嘆くように天を仰ぐと、一言鬱陶《うっとう》しそうに告げた。

「好きにしろ」

それでも、最低限、釘《くぎ》を刺すのも忘れない。

「ただし、日没がタイムリミットであるのを忘れるな——」

5

「オースチン」

部屋のドアをノックしてからユウリが顔を覗かせると、小さな窓から雑木林《ぞうきばやし》を見ていたオースチンが、振り返って言った。

「ああ、どうも、フォーダム」

「具合は、どう？」

「もう大丈夫です」

応じたオースチンが、ユウリに椅子《いす》を勧め、自分はベッドに腰かけて続ける。

「さっきは、本当にありがとうございました」

「どういたしまして。——大事に至らなくて、本当によかった」

心から言ったユウリが、「それで」と尋ねる。

「肝心の『羊脂玉』は、まだ見つかっていないんだよね？」

「そうなんですけど……」

応じたオースチンだが、なんとなく、その様子に以前ほどの熱意は感じられないとユウリが思っていると、続けてオースチンが心中を語った。

「なんか、だんだん、どうでもよくなってきてしまって」

「そうなんだ。――まあ、あんなことがあったわけだし」

ユウリが暴漢に襲われたことに言及すると、オースチンは、「それもあるかもしれませんが……」と言いつつ、ちょっと考えるように間を置いた。

「もしかして、他に理由があるのかい？」

「そうですね」

頷いたオースチンが、「フォーダムは」と続ける。

「この前、『この手の石は、必要としている人のところに必ず届くから』と言ってくれましたよね？」

「うん、言ったね」

内心で罪悪感を覚えながらユウリが認めると、ベッドに座るオースチンが、身を乗り出して意外なことを言い出した。

「実は、僕、なぜかはわからないんですが、もうあの石を捜す必要はないような気がしているんです」

「……へえ」

「なんだろう、こういう言い方は奇妙かもしれませんが、あの石は、すでに僕を必要としていないような気がして。――フォーダムの言い方を借りるならば、あの石は、僕の手を離れ、本当に必要としている人のところに届いたのかもしれません」

「なるほど」

納得したユウリが深く頷き、言った。

「君は、石の気持ちがわかるんだね」

「石の気持ちがわかる?」

意外なことを言われたようにユウリを見たオースチンが、ややあって、眼鏡をかけた顔を嬉《うれ》しそうにほころばせる。

「……そうなんでしょうか?」

「うん。そう思うよ。そして、石の気持ちがわかる君は、きっと、将来、いい鉱物学者になる」

そこで、さらに満面の笑みになったオースチンが、「それなら」と訊く。

「僕が本当に必要と思う石は、必ず僕のところに来てくれますかね?」

「来るさ。絶対」

断言され、誇らしげにはにかんだオースチンが、窓の外に視線をやって呟く。

「……よかった」

それからしばらく、ベッドの上で足をブラブラさせながら暮れなずむ景色を見ていたオースチンに、頃合いを見計らって、ユウリが訊いた。

「ねえ、オースチン」

「はい？」

「実は、折り入って、君に頼みがあるんだけど」

「……なんですか？」

足をブラブラさせるのをやめて振り返ったオースチンに、ユウリは単刀直入にお願いする。

「できたら、君が持っている蛇の台座を、僕にくれないかな？」

「蛇の台座？」

そのものの存在をすっかり忘れていたらしいオースチンが、ベッドの上にあった上着のポケットに手を突っ込んで取り出し、ユウリに見せながら訊き返す。

「これのことですか？」

「うん、そう」

頷いたユウリが、「実は」と事情を説明しかけるが、その前にオースチンがスッと台座を差し出したので、ユウリは言葉を止めてオースチンを見た。

「――オースチン？」

「どうぞ」

「え、でも、説明も聞かずに……」

ユウリは、オースチンを説得するのに、嘘をつくのはやめようと思っていた。正直に話し、必要なら、自分の霊能力のことを打ち明けてもいいとすら考えていたのだ。

だが、オースチンは、静かに頷いて言った。

「……フォーダムのことは、いまだによく耳にします」

「そうなんだ？」

「はい。みんな、揉《も》め事《ごと》とか起きた時に、言うんですよ。——フォーダムなら、もっと人のことを考えて何かをしたって。一人一人に、フォーダムのように相手を思いやる気持ちがあれば、こんな揉め事は起きなかっただろうって。それで、みんながみんな、反省するというか……」

驚いたユウリが、「それは」としどろもどろに言い返す。

「とても光栄だけど、僕は、たぶん、そんなんじゃなく、単に、あまり物事を深く考えないだけだと思うよ」

「まあ、フォーダム自身はそうなのかもしれませんけど、少なくとも、僕たちは、フォーダムが自分のために必死になるのを見たことがなかったし、この台座が欲しいと言うのだって、絶対に自分のためではないですよね？」

たしかに、自分のためではないので、とっさに否定できなかったユウリが何も言えずにいると、オースチンは、手を伸ばしてユウリの手に台座を握らせ、理由などいっさい聞かずに勧めた。

「こんなものが誰かの役に立つなら、どうぞ」

握らされた台座を見おろしたユウリが、ややあって、静かに答える。

「ありがとう、オースチン。本当に助かる」

「どういたしまして」

そこで、あっさり目的を果たしたユウリは、オースチンの部屋をあとにした。

6

藍色《あいいろ》と紫とマゼンタ色が西の空で混ざり合う、美しい春の夕暮れ時――。

夕食の時間帯になり、在校生たちは、一日のうちでいちばん楽しみな時間を過ごすために一堂に会している。当然、食堂以外の場所に生徒たちの姿はなく、やがて日の入りを迎える湖畔《こはん》は、時が止まったような静寂に包み込まれていた。

聞こえてくるのは、枝の間を渡る風の音くらいか。

そんな薄暗さの中を、今、三人の人間が歩いていた。言わずと知れた、ユウリ、シモン、アシュレイの三人だ。

「急げよ、ユウリ」

先頭を歩くユウリを、背後のアシュレイが追い立てる。

「のらりくらりしているお前と違って、太陽はすばしっこいぞ」

それに対し、歩きながら腕時計を見おろしたシモンが、「そういえば」と尋ねた。

「なぜ、タイムリミットが日の入りなんですか？」

「そんなの」

チラッと隣を歩くシモンを見やったアシュレイが、つまらなそうに応じる。

「みんな、夜は休みたいからに決まっているだろう。それは、天上界も同じってことだ」

「……意味がわかりませんが」

「そのうち、わかる」

しばらくして、湖畔に着いたユウリが、アシュレイにせっつかれつつ、オースチンに譲ってもらった蛇の台座の上にポケットから取り出した「龍尸」を載せ、祭器を捧《ささ》げるように腕を高く持ち上げた。

それから、大きく深呼吸して、精霊たちを呼び起こす。

「火の精霊《サラマンドラ》、水の精霊《ウンディーネ》、風の精霊《シルフィード》、土の精霊《コボルト》。四元の大いなる力をもって、我を守り、願いを聞き入れたまえ」

と――。

水面や木々の枝、吹き過ぎる風や太陽の残照の中から、白い光の球となって漂い出てきた精霊たちが、ユウリのまわりで乱舞するように回り出す。

それらを見ながら、ユウリが請願を唱えた。

「失われた象《かたど》りを蘇《よみがえ》らせ、その刻印に力を与えたまえ。また、古き神霊を助け、溢れ出る水の溜まりを循環の中へと戻したまえ」

そうやって、ユウリが請願を唱えているうちにも、背後の雑木林でガサガサッと何かが動く音がした。

音の大きさからして、大型の動物だ。

気づいたシモンが視線だけで背後の様子を探り、囁《ささや》き声《ごえ》でアシュレイに警告する。

「――アシュレイ」

「わかっている」

目を凝らして見なければわからないが、雑木林には、木々に溶け込むように数人の男たちが立っていて、それが、ここに来て、じわじわと近づいてきていた。表情などはいっさい見えないが、彼らが発する緊迫感の中に焦燥感があるのが窺える。

「龍戸」の守護者である「三能社」のメンバーだ。

彼らは、タイムリミットを迎え、このまま静観するか、「龍戸」を奪って自分たちの力で事を収めるべきかで迷っているのだろう。

日の入りは間近で、もう一刻の猶予《ゆうよ》もならない。

じわじわと輪を縮めてくる男たちの間に、その瞬間、殺気が走る。

攻撃に転じる決意をした彼らに対し、シモンが守るようにユウリの背後に進み出るのと同時に、黒いロングカーディガンの裾《すそ》を翻して動いたアシュレイが、留めるように腕を伸ばし、中国語で高らかに言い放った。

「お前《ニー》ら《メン》は、手を出すな《プーヤオドンショウ》！」

ほぼ同時に、ユウリが請願の成就を神に祈る。

「アダ　ギボル　レオラム　アドナイ――」

とたん、ユウリのまわりを回っていた四つの白い光の球が、腕を伝って台座から「瓏」へと一気に流れ込む。

するると、彫刻の蛇に光が走り、光が走ったところから軟体化した蛇が、くねくねと身体を動かしながら、支えていた「瓏」に絡みついた。そのまま、螺旋《らせん》を描くように「瓏」のまわりを登っていった蛇は、天頂に達したところで、スウッと表面に溶け込んだ。

次の瞬間。

パアアッと。

「瓏」から放たれた光であたりが真っ白に染まり、何も見えなくなる。

足を止めた「三能社」のメンバーも、とっさに腕で顔を覆って難を逃れた。

やがて、最初の光が引いたのを確認した彼らが腕をおろしてあたりを見まわすと、湖の畔《ほとり》に立つユウリたちの姿が、影となって浮かび上がっていた。

その向こうには、光り輝く湖面があり、そこにいる全員が見ている前で、ザワザワと波立ち始めた湖から、今、何かとてつもなく大きなものが現れ出ようとしていた。

「――龍が上る」

アシュレイがボソッと呟いた、次の瞬間。

ザババザババッと。

湖の中央に大きな水柱が立ち、それが、どんどん、どんどん、止《とど》まることなく上空へと伸びていった。

やがて、重力に逆らい切れなくなった水柱が砕けた先から、今度は、波頭をまとった龍が姿を現し、そのまま、さらに、ぐんぐん、ぐんぐん、空へと駆け上っていく。

龍が上る。

その白く細長い姿が、消えかけた太陽の残照の中へと溶け込んだところで、湖畔に立つ彼らの上に、水柱が豪雨となって降りそそいだ。

ザアアアアッと。

避《よ》ける間もなく水に打たれた彼らであるが、誰もそれを気にする様子はなく、ただひたすら、龍の消えた空を見上げていた。

その神々しい光景に、完全に心を奪われていたのだ。

やがて、ポツリとアシュレイが言った。

「……なんとか、間に合ったようだな」

それに対し、シモンが視線をおろして尋ねる。

「だから、なんのリミットだったんですか？」

すると、同じように視線をおろしたアシュレイが、相変わらず空を見上げているユウリの手から「龍戸」を取り上げ、背後にいた「三能社」のメンバーに向かって投げ渡しながら教える。その際、チラッと見えた「龍尸」の表面には、前にはなかった龍文——二つの「虫」が十字形に交差した禹の金文——が、しっかりと刻み込まれていた。

「循環のリミットだよ。龍は、春分に天に上り、秋分に淵《ふち》に入る。そして、お前たちは気にも留めていないと思うが、今日は春分で、春分は太陽に呼応する」

「なるほど。そういうことか」

ようやく納得がいったシモンが、「それなら」と確認する。

「天に上った龍は、もう戻ることはないんですか?」

「まさか」

言下に否定したアシュレイが、「今、俺は」と続けた。

「『循環』と言ったはずだ。つまり、春に地上で溜めた水を天に運びあげたあれが、ふたたび降りて『龍尸』の中に戻るのは秋——秋分ってことだよ」

そんな説明をするうちにも、「龍尸」を取り戻した「三能社」のメンバーが、すっと暗がりに溶け込むように消えていく。

それを横目に捉《とら》えたアシュレイが、「ああ、そうだ」と、闇に向かって言い放つ。

「よけいなことだが、一つ言っておくと、今回、それが流出したのは、そちらの落ち度であり、そのせいで、父親からもらった大切な宝玉を失った子供がいることを、ゆめゆめ忘れるな——」

その忠告が聞こえたのかどうか。

それに対する返答はなく、気づけば、闇に蠢《うごめ》く者たちの気配は、その場から完全に消え去っていた。

その間、背後の出来事にはまったく注意を払っていなかったユウリが、湖のほうを見つめたまま漆黒の瞳をわずかに細め、小さく「……あ」と声をあげた。

視線の先には、暗く静まり返った湖面があったが、そこに、先ほどから南天した半月が映り込んでいて、今、その月影が揺らめき、そこからきらきらとしたきらめきが湖面に広がり始めたのだ。

またたく間に、湖全体が宝石箱をひっくり返したように、キラキラ、キラキラ、きらめき出す。

「……戻ってきた」

ユウリの呟きに応えるように、その時、輝きの中から人影が現れ、スウウと湖面の上を移動してくる。

明らかに人ではないが、決して恐ろしげなものではない。

むしろ、月明かりに輝く白い顔《かんばせ》はこの世のものならぬ美しさで、その姿を見たユウリが、満面の笑みになって名前を呼ぶ。

「モルガーナ！」

「ユウリ。久しいの」

「うん。すごく会いたかったよ」

ユウリがさっきから気にしていたのは、消えてしまった妖精たちだった。それが、龍が天に上ったのを受け、こうして扉を開いて戻ってきたのだ。

ユウリの頬に手を伸ばしたモルガーナが、間近に顔を覗き込みながら礼を述べる。

「今回の件では、迷惑をかけた」

「別に、そんなことはいいんだけど、ただ——」

そこで、アンリのことを口にしようとしたユウリであったが、ふとアシュレイの存在を思い出し、とっさに口をつぐむ。

すると、察したモルガーナが、小さく微笑《ほほえ》んで言う。

「もちろん、手違いは、手違いの起きた時のまま、すっかり元どおりになっているから、心配は無用じゃ」

暗に、アンリは無事にハムステッドの家に戻っていると教えてもらったユウリは、ホッとして肩の力を抜き、さらにシモンを振り返ってたしかめる。

「——だって。シモン」

「うん。聞こえたよ」

もちろん、シモンやアシュレイには、ユウリほどはっきりと異界のものたちをとらえる

能力はないが、先ほどの龍の出現もそうだったし、今現在、湖のきらめきやユウリの前に白い影がぼんやりと立っているのは見ることができた。

そして、モルガーナの声は、ユウリのそばに立っていたシモンの耳にも届いていた。

安堵《あんど》したように応じたシモンに対し、一人、話の見えなかったアシュレイが、眉をひそめてユウリの背中を見つめる。

それぞれの想いを前にして、モルガーナが「とにかく」と、感謝の意を伝えた。

「世話になったな、ユウリ。あの東洋からの珍客をどう扱えばいいのかわからず、ほとほと困り果てていたから、本当に助かった。——この礼は、いずれ、させてもらう」

「そんな——」

ユウリは遠慮しかけるが、美しい顔に老獪《ろうかい》な笑みを浮かべたモルガーナが、黙らせるように人差し指を立てて警告を発する。

「妖精への貸しは無駄《むだ》にせぬことだ、ユウリ。きっと、そなたの役に立つ日がくる」

そこで、黙って頷いたユウリに最後の笑みを投げかけると、モルガーナは夜に溶け込むように消え去った。

それとともに、湖面に満ちていた輝きも、徐々に、徐々に消えていく。

やがて、すべてが消え去ったあとには、月を映して静まり返る湖と、その畔に立つ三人だけが残される。

「――さて、と」

ややあって、ユウリの肩に手を置いたシモンが、自分のほうに引き寄せながら続けた。

「帰ろうか、ユウリ」

「そうだね。――アンリも待っているだろうし」

このあと、彼らにはまだロンドンまでの長距離ドライブが残っていて、さらに、シモンに限っていえば、そこからパリまでの移動が待っていた。

ユウリが、アシュレイを見て訊く。

「アシュレイは、どうするんですか？」

「別に」

ユウリたちと違い、時間に縛られることのないアシュレイには、明日の予定など関係ないらしい。

つまり、このあと、何をしようと自由なのだ。

「好きにするだけだ」

それはそれで羨《うらや》ましいと思ったユウリとシモンは、そこで、アシュレイと別れ、一路ロンドンへと戻っていった。

終章

「――ああ、うん、そうだね。それじゃあ、オースチンにもよろしく言っておいてくれるかな。うん、よい一日を」

そう言って電話を切ったユウリが、フウッと大きく息をつく。

それを横目に見たシモンが、読んでいた文庫本を置いて尋ねる。

「電話、シリトーからかい？」

「そう。昨日、アメリカから戻ったらしくて、いちおう、諸々《もろもろ》のことへのお礼の電話だったんだけど……」

「そう」

あまり納得がいかないような声で相槌《あいづち》を打ったシモンが、紅茶のカップに手を伸ばしながら続けた。

「そのわりに、長かったね」

復活祭の休日《イースター・ホリディ》も、折り返しに入った四月上旬。

ユウリとシモンは京都に来ていて、今は、保津川《ほづがわ》に臨むテラスで和テイスト満載のアフタヌーン・ティーを楽しんでいる最中だ。

対岸は満開の桜で彩られ、京都はまさに春爛漫《はるらんまん》のうちにある。

シモンが、続けて訊《き》いた。

「それで、シリトーはなんだって？」

「それが、超常現象がなくなったのはめでたいけど、秩序が大いに乱れてしまって、どうしたらいいのかと、嘆いていた」

「秩序？」

紅茶を飲みながら眉《まゆ》をひそめたシモンが、「それは」と続ける。

「シリトーの采配《さいはい》の問題であって、僕たちには関係ない話だろうに」

まして、せっかくのお茶の時間を、そんなことで邪魔されては迷惑千万だと言いたそうなシモンに対し、ユウリが「そうなんだけど」と応じる。

「シリトーが言うには、千客万来も、シモンまでなら許せるが、アシュレイは絶対に駄目《だめ》だそうで、あの学校では、この一年くらいでようやく鎮静化し始めていたアシュレイ熱のようなものが、一気にぶり返してしまったらしいよ」

「……ああ、それは、たしかに、ちょっと同情の余地はあるかな」

あのあと、ダーウィン寮《ハウス》のニコラスはすっかり元気になり、突然の集中豪雨もなくなったとの報告は、ヴィクトリア寮の寮長であるブルンナーから受けていたが、それとは別のところで、新たに深刻な病魔が密《ひそ》かに浸透しつつあったらしい。そして、シリトーが舞い戻った今になって、あちこちに影響が出始めたということなのだろう。

アシュレイのいるところ、やはり問題の種は尽きないようだ。

「あ、でも」

ユウリが、明るい話題を提供する。

「驚いたことに、オースチンの『羊脂玉《ようしぎょく》』が見つかったそうだよ」

「え?」

和菓子の一つをつまみかけていたシモンが、動きを止めてユウリを見る。

「だけど、あれは——」

もうあの学校にはなく、秘境の寺院に戻されたはずだ。

暗にそう告げたシモンに対し、ユウリが「そうなんだけど」と応じる。

「なぜか、先日、校務員の人が、第三学年《フィフスフォーム》の自習室の本棚の隙間《すきま》に転がっているのを見つけたと言って、落とし物として届けてくれたそうなんだ。——いちおう、写真も送ってくれたみたいで」

そこで、添付された画像ファイルを開いたユウリが、「へえ」と声をあげて、シモンにも画像を見せる。

「見て。すごくきれいな『羊脂玉』だよ」

「本当だ。それに、形も大きさも、前のものとそっくりだし。──こんなの、よく見つけたものだな」

感心したシモンが、「あれから」と続ける。

「僕のほうでも少し調べたのだけど、これほどきれいな『羊脂玉』を見つけるのって、けっこう難しいはずなんだ」

「へえ」

額をくっつけるように写真を覗《のぞ》き込《こ》んでいたユウリとシモンが、顔をあげて間近で見つめ合い、「やっぱり、これって」と一つの結論を導き出す。

「オースチンが手放す羽目になった『羊脂玉』の代わりとして、『三能社《さんのうしゃ》』の人が、用意したものだろうね」

「うん。それ以外、考えられない」

同意したユウリが、「もしかして」と陰の存在として生きる「三能社」のメンバーと接触した時のことを思い出して言う。

「あの時、アシュレイが言ったことを受けての行動かな？」

「そうだとしたら、アシュレイも、万に一つは、善行を施すわけだ」

素直に誉《ほ》めるのは嫌なのか、シモンは遠回しに評価した。

実際、アシュレイは、傲岸不遜《ごうがんふそん》で高飛車ではあるが、極悪人ではない。

そんな彼にとって、オースチンがユウリに蛇の台座を譲ったことは、これくらいのご褒《ほう》美《び》を与えるに値する行為だったのだろう。

だから、最後の最後に、「三能社」のメンバーに忠告した。

もっとも、だからといって、鉱石に関しては目利きのオースチンは誤魔化《ごまか》されないだろうが、それでも、きっと、失《な》くしたものの代わりに自分のところに回ってきた石を受け入れ、大切にしてくれるはずだ。

そんなことを考えつつ携帯電話を閉じたユウリに、シモンが紅茶のポットを持ち上げながら訊いた。

「ユウリ、紅茶のお代わりは？」

「いる」

そうして、アフタヌーン・ティーの続きをする二人の前には、川面《かわも》に花びらを散らす満開の桜が揺れていた。

あとがき

年賀状——。

その単語がまわりでちらほらと聞こえるようになるのが、最近、本当に怖いです。

これまでも、ある年齢を過ぎた頃から急速に「え、もう?」とか「時間が経つの、速いな〜」と思ってきましたが、ここ数年の「年賀状」の到来は、まさに「矢の如し」——いや、「ロケットの如し」です。

絶対にあり得ないのでしょうけど、もしかして、一年の長さが物理的に短くなっていませんかねえ。つまり、宇宙規模で膨張《ぼうちょう》速度が遅くなっているせいで、相対的な時間の流れが速くなっている……みたいな。

な〜んて、今年も年賀状が遅れそう、ということを仄《ほの》めかすような前置きでしたが、皆様は、この一年をいかが過ごされたでしょうか。

私は、なんと言うことない……というか、冒頭に書いた通り、去年の暮れから今までが一瞬で過ぎ去ったような一年で、その間に残された作品だけが、生きた証《あかし》のようになっています。

でもまあ、総じて、穏やかだったと言えそうです。——神に感謝♪

そんな中、今年最後を飾る「欧州妖異譚」は、表紙からもわかる通り、中華系です。

さすがに、ユウリたちが中国に飛ぶことはありませんでしたが、中国から飛んでくるものはあったようですね。そして、久々にセント・ラファエロの様子を描けたのが良かったです。今回は、あまり活躍の場がなかったシモンですが、代わりに、伝説としての「シモン・ド・ベルジュ」があちこちにちりばめられているので、それを楽しんでいただけたら幸いです。アシュレイはアシュレイで、こんな一面もあるのね〜みたいなところが垣間見られたし、ユウリも、セント・ラファエロにしっかりと足跡を残していたのだということが、新たにわかりました。

次回作は未定ですが、楽しんでいただけるよう、まずは調べ物をがんばります。

最後になりましたが、今回も素敵なイラストを描いてくださったかわい千草《ちぐさ》先生、また急なお願いにもかかわらず、アシュレイの台詞を中国語にしてくださった翻訳家の本多由《ほんだゆ》季《き》先生、それと、この本を手に取ってくださったすべての方々に多大なる感謝を捧げます。

では、次回作でお目にかかれることを祈って——。

篠原美季《しのはらみき》　拝

And with best wishes for Merry Christmas.

『龍の眠る石　欧州妖異譚17』、いかがでしたか？
篠原美季《しのはらみき》先生、イラストのかわい千草《ちぐさ》先生への、みなさまのお便りをお待ちしております。
篠原美季先生のファンレターのあて先
〒112-8001　東京都文京区音羽2-12-21　講談社　文芸第三出版部「篠原美季先生」係
かわい千草先生のファンレターのあて先
〒112-8001　東京都文京区音羽2-12-21　講談社　文芸第三出版部「かわい千草先生」係

N.D.C.913　254p　15cm

篠原美季（しのはら・みき）

講談社X文庫

４月９日生まれ、B型。横浜市在住。
「健全な精神は健全な肉体に宿る」と信じ、
せっせとスポーツジムに通っている。
また、翻訳家の柴田元幸《しばたもとゆき》氏に心酔中。

white heart

龍《りゅう》の眠《ねむ》る石《いし》　欧州妖異譚《おうしゅうようい たん》17
篠原美季《しのはらみ き》
●
2017年11月30日　第１刷発行

定価はカバーに表示してあります。
発行者——鈴木　哲
発行所——株式会社 講談社
東京都文京区音羽2-12-21 〒112-8001
電話 編集 03-5395-3507
販売 03-5395-5817
業務 03-5395-3615
本文印刷一豊国印刷株式会社
製本——株式会社国宝社
カバー印刷一信毎書籍印刷株式会社
本文データ制作一講談社デジタル製作
デザイン一山口　馨

ISBN978-4-06-286974-4

ホワイトハート最新刊

龍の眠る石
欧州妖異譚17
篠原美季　絵／かわい千草

セント・ラファエロで起きた「フォーダム的現象」とは？　セント・ラファエロで総長を務めるシリトーに相談を持ちかけられ、ユウリは久しぶりに母校を訪れた。そこでユウリは「湖の貴婦人」の異変に気づくのだが。

アラビアン・プロポーズ
～獅子王の花嫁～
ゆりの菜櫻　絵／兼守美行

宮殿のハレムで、蕩けるほど愛されて。イギリスの名門パブリックスクールで、一目置かれる存在の慧は、絶世の美形王子シャディールに出会う。傲慢王子の強引すぎる求愛に、気位の高い慧は……？

ホワイトハート来月の予定（12月26日頃発売）

桜花傾国物語 月下の親王……………………………東　芙美子
新装版　呪縛《とりこ》……………………………………吉原理恵子

※予定の作家、書名は変更になる場合があります。